KB139092

강화석 에세이

아버지의 강

강화석 에세이

아버지의 강

강화석 **지음** / 모두출판협동조합(이사장 이재욱) **펴냄**
초판인쇄 2024년 6월 28일 / **초판발행** 2024년 7월 8일
디자인 김남호 / **ISBN** 979-11-89203-46-7(03810)

MODOOBOOKS(모두북스) 등록일 2017년 3월 28일 / **등록번호** 제 2013-3호 /
주소 서울 도봉구 덕릉로 54가길 25(창동 557-85, 우 01473)/
전화 02)2237-3301, 02)2237-3316 / **팩스** 02)2237-3389/
이메일 ssbooks@chol.com

*책값은 뒤표지에 씌어 있습니다

강화석 에세이

아버지의 강

MODOOBOOKS

강신양(姜信暘 1925~2017)
20대 후반의 나의 아버지

막내아들(강범석) 박사학위 수여식에서

〈시작하는 글〉

   이 책은 나의 아버지를 그리워하며 쓴 글들을 한데 모은 것이다.

   처음부터 의도하지는 않았지만, 아버지의 아들로서 갑자기 확인된 아버지의 부재를 겪으며 내가 할 수 있는 것이 별로 없었을 때, 홀로 아버지를 생각하는 시간 동안 부재로 인한 인식을 글로 쓰기 시작하였다. 미욱한 능력이나마 글을 쓰는 작가에게는 자연스러운 행위였으니 그 양을 늘려가면서 생각의 지경을 넓혀보았다.

   그래서 아버지의 젊은 시절부터 그 이후의 긴 시간 동안 삶의 모습과 궤적을 그려보게 되었고, 내가 확인할 수 없는 부분이 있음에도 기억할 수 있는 자연스러운 대상들을 떠올리며 틈틈이 써두었다.

   한편 작정하고 더 필요하다면 과장도 하면서 이러저러한 이야기로 진실을 표방하며 한 인물에 대한 확대된 글을 만들어 낼 수도 있었겠지만, 굳이 그렇게 하지는 않았다. 나에게는 더없이 대단하고 충분히 존경할 만한 분이지만, 세상 사람들의 관점과 평가는 소홀하고 편향되고 자신의 잣대로만 생각할 테니, 그런 오해를 살 수도 있는 타인을 의식하는 글을 쓰고 싶지는 않았다.

   따라서 책의 내용은 철저히 개인적이고 나의 수준에 준하는 글에 머물 뿐이다. 그럼에도 나는 아버지를 그리워하며 그 모습을 정리하는 과정을 통해 뒤늦게 아버지를 다시 바라보면서 당신께 생전에는 해 드리지 못한, 생각뿐이고 표현하지 못했던 마음일망정, 그것을 한껏 느끼고 토로하는 시간을 가질 수 있었다. 나아가 그것들을 일일이 글로 모두 표현하지는 않았더라도 나는 바보같이 상대가 없음에도 내면을 홀로 후련하게 쏟아낼 수 있었다.

아무도 주위에 없고 누구도 알 수조차 없으니 무슨 상관인가, 맘껏 흐느끼고 미안해하고 그리워한들.

오직 혼자 마음만으로 알고 생각하고 느끼는 의례(儀禮)의 순간들이었으니 나는 그저 스스로 속죄하는 어린 양이 되어 죄를 고백하고 사함을 구하며 소통의 기회를 가졌던 뜻깊은 과정이었다.

어쨌든 글의 형식이 쓰는 사람의 의식이 들어간 에세이이다 보니 글의 완성도도 고민되고 혹시 타인들이 독자가 된다면 어찌 반응할까도 염려가 되지 않았던 바는 아니었다. 그럼에도 불구하고 그런 요인들을 애써 고려하지 않은 채 쓰기로 했고, 더불어 책으로까지 펴내게 되었다. 따라서 읽는 분들의 구미에 맞는 보통의 글들이 아닐 수도 있으리라 여겨지니 송구함이 크다.

글의 주제는 돌아가신 아버지를 생각하며 다양한 에피소드와 소재를 찾아내서 나름의 기준으로 정리한 내용이다. 아버지에 대한 전반적인 이야기를 글의 대상으로 삼았으니 한 인물의 일대기처럼 접근할 수도 있었지만, 굳이 그렇게 정리하려고 하지는 않았다. 따라서 이 글들은 아버지를 생각하며 쓴 내용들이지만, 아버지에 대한 객관적인 사실을 기록하고자 했던 것만은 아니다.

아버지에 관한 사실을 바탕으로 쓴 글이니 아버지의 이야기이지만, 내가 바라보고 겪으며 느꼈던 아버지와, 나만 알 수 있는 경험과 방식으로 아버지에 대해 쓴 글이니 오롯이 나의 소산(所産)인 셈이다.

따라서 아버지의 어떤 에피소드를 중심으로 쓴 글인지, 이야기의 소재가 정확히 어떤 사실을 근거로 삼았는지는 내가 아니고서는 정확히 알 수 없는 경우가 대부분일 것이다. 사실관계에 천착하여 이야기의 자초지종을 상세히 쓰고자 하지도 않았고, 그럴 생각도 애초부터 없었으니 그 부분은 답답하여도 양해가 필요하다.

"부모님은 기다려주시지 않는다."

"살아계실 때 섬기기를 다하라."

"돌아가신 다음에 무슨 소용이 있으랴."

우리가 살아가는 중에 수도 없이 듣는 말들로, 모두가 부모를 모시는 자식의 도리를 일깨우는 충언이다.

아놀드 토인비(Arnold Toynbee)는 "인류가 망하고, 지구를 떠나가서 살아야 할 때 반드시 가져가야 하는 미덕 중의 하나가 효(孝)의 정신(精神)과 실천(實踐)"이라고 했다. 당연히 여기서 효(孝)는 우리 한민족의 부모에 대한 도리라고 콕 집어서 이야기한다.

토인비 같은 석학이 칭찬을 아끼지 않았지만, 효(孝)는 고사하고 기본 의무조차 제대로 실천하지 못하는 마당에 그 부끄럽고 죄스러운 마음을 어찌 풀어야 할지 몰라 늘 답답함을 느낀다. 죄스러운 마음을 완전히 사라지게 하지는 못하더라도 이런 식으로나마 돌아가신 부모님, 아버지를 추모하며 스스로 위로하는 자정(自淨)의 시간을 가져보는 것도 그리 나쁘지는 않은 듯하다.

아무튼 한 편, 두 편 떠오르는 대로 써서 모아두기 시작할 때와는 생각과 뜻이 다를지라도 이렇게 책으로 펴내게 되니 부끄럽고 불편해지기도 한다. 개인의 심정을 고백하거나 생각을 드러내는 일은 불가피하거나 용기가 필요하기도 한데, 마침내 그 지경에 이르러 어떤 말로 변명을 삼을지 막막하기 그지없다.

다만 한 어리석은 자식(子息)의 사부곡(思父曲)쯤으로 양해를 구해야겠다는 생각 정도로만 머물고자 한다.

006 시작하는 글

제1부 이별, 헤어짐에 대하여

014 아버지가 돌아가셨다.
017 천붕(天崩)
020 마흔, 떠나가는 나이
027 어머니의 편지
033 헤어질 결심

제2부 아버지의 강

038 고향
045 태안 근흥에 가보고 싶었다.
050 아버지의 강
058 젊은 아버지의 초상
078 아버지의 편지
088 장정리

제3부 아! 아버지

098 나의 아버지
106 아버지를 추억함
111 봄날은 간다(1)
116 봄날은 간다(2)

120　묘비문

125　불초(不肖)

129　아버지의 아침상

제4부 아버지의 서재

136　아버지의 서재

140　아버지와의 인사

144　목민심서

152　위대한 할머니들

158　아버지와 아들-유정공과 정산공

166　송학리 선영과 정산공

174　아버지의 유산

제5부 그리움을 그리다

188　할아버지와 손자(1)

192　할아버지와 손자(2)

196　추억의 사진첩

200　기억에 대하여

205　어머니와의 소풍

211　나는 지금 나이 드는 중이다

216　어머니!!

222　뒤에 붙이는 글

제1부 이별, 헤어짐에 대하여

아버지가 돌아가셨다

천붕(天崩)

마흔, 떠나가는 나이

어머니의 편지

헤어질 결심

아버지가 돌아가셨다

아버지가 돌아가셨다.

2017년 9월 13일 수요일 새벽 4시 무렵으로 짐작하는 시각에 아버지는 이 세상을 떠나셨다.

새벽에 안산 동생으로부터 연락이 왔다.

병원에서 "아버지가 돌아가실 듯하니 병원으로 와야 할 것 같다."고 알려왔다는 것이다. 며칠 전 병원에서 뵈었을 때만 해도 곧 돌아가시지는 않겠다는 생각이 들 정도로 좋아지신 모습이었다. 나 역시 아직은 돌아가실 때가 아니라는 바람이 간절했기에, 그 연락에 대해 위급하게 여기고 싶지 않았다.

처음엔 '오전 수업을 마치고 갈까?'라는 무리한 생각도 잠깐 했고, 전철이 운행을 시작하는 5시 이후에 출발해야겠다는 생각도 해 봤지만, 아내가 '지금 즉시 차를 가지고 가보라.'고 하여 전화를 끊고 바로 준비하여 집을 나섰다. 그러나 그리 빨리 돌아가시리라고는 생각하지 못했다.

운전하고 가는 중에 동생들의 전화를 받았고, 자신들도 병원으로 가고 있다며 병원에서 보기로 하였다. 그런데 새벽녘의 이른 아침이건만 서해안 고속도로를 통하여 안산으로 가는 길은 순조롭게 운행할 수 없을 정도로 지체되었다. 시간이 많이 흘러 안산으로 진입하려니 이미 아침 출근 시간대로 접어들어 도로는 꽉꽉 막히는 바람에 순조로운 운행은 불가한 상태였다.

도로에 갇혀 시간이 많이 늦어진 탓도 있었지만, 결국 병원에 도착하기 전에 먼저 도착한 둘째 동생으로부터 아버지께서 이미 돌아가셨다는 전화를 받았다.

자식들은 누구 하나 아버지께서 가시는 마지막 모습을 뵙지 못했다.

임종하는 자식들도 없이 홀로 쓸쓸히 당신의 길을 떠나셨던 아버지. 기가 막히는 상황이었지만, 나는 그저 무력하게 막히는 길을 견디며 간신히 병원에 도착할 수밖에 없었다.

나도 동생들도 모두 아버지의 마지막을 지키지 못했다는 사실에 더욱 가슴이 무너져 내렸다.

병원에서 처음 연락했던 새벽 3시 무렵, 이미 아버지는 숨을 거두고 계셨던 것 같다. 곁을 지키는 사람이 아무도 없는 어둡고 찬 병실에서 아버지가 홀로 세상과 작별하고 계실 때, 자식은 멀쩡한 정신이 아닌 채로 아버지의 상황을 이해하기는커녕 한가로이 자기만의 생각에 빠져 허둥대고 있었던 셈이다.

이렇게 어이없는 일이 결정적으로 일어나고 말았다. 아버지의 자식으로 태어나 아버지 덕으로 60년 가까이 함께 살아왔으되, 이별의 순간과 이별 자체를 이렇게 무위(無爲)하게 행(行)하며 치르게 되었으니 무슨 말을 할 수 있으랴.

어쨌거나 감정에 사로잡힐 상황은 아니었다. 마치 아버지의 돌아가심을 슬퍼하는 일은 다음으로 미뤄놓고 일은 일대로 하자는 듯이 애써 평정심을 가장하며 장례 치를 준비를 해야 했다.

이렇게 하여 1925년 을축(乙丑)년 11월 갑술(甲戌)삭(朔) 2일 을해(乙亥)에 태어나시어, 2017년 정유(丁酉) 7월 신사(辛巳)삭(朔) 23일 계묘(癸卯) 인(寅)시에 돌아가신 아버지의 생애를 마감하는 의식을 치르게 된 것이다.

현대사의 격변기를 직.간접적으로 고스란히 겪어내신 아버지는, 20세기 초 제국주의 열강 국가들의 틈바구니에서 제대로 대응조차 하지 못한 채 500년 왕조가 몰락하고 난 후, 국가형태조차 정립될 수 없는 상태로 다른 나라의 지배를 받는 나라에서 태어나 가난과 혼란 속에서 청운(靑雲)의 희망과 기대조차 꿈꿀 수 없었던 고난과 불확실성의 시대를 온몸으로 겪으면서 살다 돌아가셨다.

동시대 사람들과 마찬가지의 애환을 간직하고 계셨지만, 부단히 애쓰고 노력하면서 자신의 앞에 놓인 몫의 삶을 살아온 한 인생은 이렇게 마감되었다.

아버지께서 짊어진 인생의 무게가 어느 정도인지 가늠하기는 쉽지 않으나, 자식에게는 아버지의 일거수일투족이 특별한 시각으로 비칠 수밖에 없다. 따라서 나는 아버지의 모든 행적을 예사롭게 바라볼 수가 없을 테고, 앞으로 아버지를 생각할 때마다 이런 입장에서 수없는 생각의 소용돌이에 빠질 수밖에 없을 것이다.

더욱이 나는 아버지께서 어처구니없이 홀로 이 세상을 떠나시도록 한 죄스러움과 황망함을 오래도록 잊지 못하고 마음속에 담아두게 될 것이다. 아울러 한 평생을 고난 속에서, 그러나 나름 자신을 잘 다스리며 좋은 사람으로 살다 가신 아버지를 오래도록 기억하게 될 것으로 확신한다. 그리고 지금은 잘 실감하진 못하지만, 끈질기게 아버지와 생애의 인연을 이어가며 아버지를 그리워하게 될 것이다.

천붕(天崩)

　부모님이나 나라의 왕이 돌아가시면 천붕(天崩)이라고 했다. 하늘이 무너진다는 뜻이다.

　요즘 사람들은 평소에 잘 접할 수 없고, 간혹 책에서나 볼 수 있는 말이다. 그리고 이 말은 이제 교양 수준의 상식으로 알거나 이해할 수 있을 뿐, 대개의 사람에게는 낯설거나 모르는 단어가 된 듯싶기도 하다.

　부모님이 돌아가시면 하늘이 무너진 듯하다고 했던 것은 그간 우리 사회가 부모의 존재를 얼마나 하늘같이 생각했는지 잘 이해할 수 있는 대목이다. 또 봉건 왕조시대 나라의 임금은 온 백성의 어버이라 했으니 같은 맥락이라 할 수 있었다.

　흔히 동양사상이라고 하지만, 이는 오래전부터 우리 선조들의 생활 속에서 영근 사상이니 이 또한 우리나라의 정신적 토대와 생활문화의 바탕임을 알 수 있다.

　그런데 정작 아버지가 돌아가셨을 때, 나는 천붕(天崩)의 심정으로 슬픔을 느끼고 애도하였던가? 나의 머릿속에 들어있던 이런 개념은 평소(?)의 경우와 다를 바 없이 그런 식으로 반응하지도 않았고, 그런 생각조차 들지 않았으니 그저 인식에 불과하였음을 경험하였고 알게 되었다.

아버지가 돌아가셔도 잠시 슬퍼하고 허전해하며, 고작 그리움을 틈틈이 느끼는 식으로 받아들였을 뿐이다. 생활 깊숙이에서 모든 것을 중단할 정도의 중대한 일로 받아들였던 옛 어른들의 그것과는 달라도 크게 달랐다. 도무지 천붕이라 할 충격적인 슬픔과는 매우 거리가 있는 현실에서 그저 인간의 감정에 충실한 정도의 자연스럽고 당연한 반응 정도를 겪어 보았을 뿐이다.

우리는 인간의 삶이 한정되어 있음을 잘 알고 있다. 그것도 사람마다 일정하지 않고 차이가 다양하다. 적절히 긴 세월을 사는 사람도 있지만, 아주 단명의 시간을 살다 가기도 하는 등 천차만별이다.

아버지는 90세를 넘기셨고, 한편으론 다른 사람들이 돌아가시기 전 한동안 병환으로 고생하다가 세상을 떠나는 경우를 꽤 보아왔는데, 아버지는 돌아가시기 서너 달 정도 전까지도 쓰고 계시던 책의 원고를 수정하고 정리하시며 하시던 일을 지속하시다가 돌아가셨기에, 어찌 보면 다른 사람들보다는 덜 고생하시면서 당신의 삶을 누리다 돌아가신 것이 아닐까 생각해 본다.

그렇더라도 자식들은 돌아가실 것을 예상하고 준비하면서도 그때를 알 수 없었으니, 갑작스럽거나 뜻밖이라 여기면서 슬픔에 젖게 마련이었다.

물론 가족으로서, 부자 관계로서 그간의 쌓인 수없는 기억이나 人情(인정)의 크기와 양은 우리를 수많은 고리로 엮어 간단히 정리할 수 없도록 얽어매었기에, 쉽고 간단히 정리하기는 어렵다. 또한 사람의 정은 꼬리에 꼬리를 물 듯 그 정도를 증폭시키는 자극과 반응을 일으키는 법이라, 막상 아버지가 세상을 떠나셔서 곁에 계시지 않게 되었다는 사실에 대한 반응은 매우 큰 충격이 되기도 한다.

어쨌든 짧지 않은 세월 동안 부자지간으로, 함께 가족으로서 살았던 기억과 더불어 생명의 시초를 열어 낳고 키우고 먹이고 배우도록 하여 인간으로서 성장할 수 있도록 해주셨으며, 이 세상을 살아가는 존재로 만들어 주신, 그 깊은 사랑과 은덕(恩德)은 물질의 양과 크기로 대체하기도 어려운 숭고한 무엇이라 할 수 있다.

그러하므로 이런 것들이 고스란히 남아 있는 마당에 아버지의 부재(不在)를 슬퍼하고 안타까워하는 것으로 간단히 상쇄되거나 되갚을 수 있는 일도 아니고, 그런 감정적인 보은의 무한함을 아쉬워하는 측면도 있을 수 있다.

결국 이런 생각들은 살아생전 아버지의 다양한 측면이나 요소들을 찾아 세세하게 세목들을 찾아 정리한다고 한들 쉬운 일도 아니거니와 그렇게 한다고 해서 모두 파악되거나 마음에 흡족하지도 않다. 하물며 상세 불명한 것들을 물려받고 전해 받은 부모와 자식 간에 이해를 따질 수도 없다.

더욱이 측정도 불가한 무조건의 무한한 사랑과 덕택을 받을 수밖에 없었던 날들에 대하여 그것을 베풀어주신 부모의 부재를 겪게 된 자식으로서의 황망한 순간은 그저 이런 기막힌 하소연일 수밖에 없는 것이다. 그러하니 심정적으로 마치 하늘이 무너진 듯하다는 것이 올바른 표현이 아니겠는가.

마흔, 떠나가는 나이

아버지는 마흔이 되었을 때, 결국 고향을 떠나셨다.

1964년 4월(陰)에 할아버지께서 돌아가시고 1년 후이다. 1965년 6월, 또는 7월쯤인데(정확히 기억나지 않는다. 확인할 수는 있지만 그대로 두기로 한다), 내가 8살 때이고, 어린 두 동생은 6살, 3살이었다. 막내 동생은 아직 태어나기 전이었으나, 이사를 하고 두 달쯤 후에 태어났다. 어쨌든 6식구의 삶의 터전은 그때부터 충청도에서 인천으로 바뀌었다.

낯선 곳의 풍경은 늘 사람을 긴장시키고 오그라들게 하지만, 그만큼 새롭고 신선한 것도 있다. 수많은 사람들과 자주 눈에 띄는 자동차들, 시골에서는 볼 수 없었던 도시 모습, 지금과 비교하면 초라하기 그지없을 1960년대 중반의 인천(仁川) 모습만으로도 어린 촌놈의 눈을 사로잡기 충분하였다.

그렇게 시작한 도시 인천에서의 생활은 녹록지 않았을 테지만, 어리고 철이 없는 나의 눈에 들어온 것은 부모님이 겪어야 할 걱정이나 분주한 생활이 아닌, 내가 감당할 수준에서 세상을 바라보며 겪고 배우고 기억하게 될 뿐이었다. 그럼에도 어느 정도는 그런 것들이 느껴지기도 하였다.

남의 집에 세를 들어 살아야 하는, 또 좁고 어두운 방 한 칸에서 살아야 했을, 불편하고 가난한 삶의 모습이 어린 마음에서도 좋았을 리 없다. 그렇더라도 어찌할 수는 없었으니, 고작 8살짜리가 무슨 생각을 하고, 어떤 행동을 할 수 있었겠는가? 그저 이것도 주어지는 삶의 조건이며 당장 눈앞의 현실일 따름이었다.

결코 유쾌하고 행복할 수는 없었을 그 시절이지만, 돌아보면 그래도 선(善)한 사람들이 애쓰면서 살아가려 했던 기억들은 그것이 누구의 주도(主導)였고 책임이었는지에 상관없이 마음을 녹이고 가라앉게 하는 과정이 아니었나 생각해 본다.

아, 나의 아버지! 그리고 어머니!

이분들이 짊어져야 했던 삶의 무게는 생각만 하여도 슬프다. 그 무게들을 함께 할 수 없어서, 거들며 덜어드릴 수조차 없어서, 지금 시간을 초월하여 생각하니 그저 멀찍이 바라다보며 하릴없었던 때의 무력감과 서러움에 격해질 뿐이다.

사람의 나이는 대개 공자의 가르침을 기준으로 삼는 경우가 많다. 아버지는 마흔의 나이에, 힘겹게 20대, 30대를 사시고 난 후 마흔이 되어서야 새로운 변화를 시도하셨다. 삶의 국면 전환을 행하신 것이다.

이미 공자는 자신의 학문 정진에 있어 마흔이 되니 의혹이 사라졌다고 하였다(四十而不惑). 마흔의 나이를, 그간 살아온 세월을 통해 확고한 신념으로 자신의 삶을 이어갈 것을 스스로 다짐하는 때라고 한 것이다.

그러나 공자는 일반의 사람과는 경지가 다르기도 하니 쉽게 비교하기도 어렵거니와 세월의 격차가 수천 년이니 어찌 지금과 맞비교를 할 수가 있을까 싶다. 성인 반열에 이르고 온갖 인간의 욕구와 생각을 스스로 다스릴 수 있는 공자야말로 현자(賢者)의 삶이니 우리와 같은 보통 사람들의 삶에 빗댈 수조차 없다.

아버지는 나이 마흔에 이르렀다고는 하지만 아내와 자식이 넷인 가장으로서는, 그리고 지난 십수 년의 세월을 나름대로 열심히 보냈다고 하더라도, 현실적으로 이뤄낼 일들이 수월치 않았던 시대적 한계와 자신의 개인적 제한들로 인하여 힘겨운 시간을 보냈을 뿐, 마땅한 기반을 잡기는 어려웠다.

또한 빈한한 농촌 생활로는 현재의 힘든 나날을 극복할 기회와 대안을 찾기도 막연하였을 터이다. 결국 새로 시작하는 심정으로 그간의 모든 생활을 정리하고 낯선 땅으로 옮겨가서 어색하고 서투른 방식으로나마 도전하고자 결단을 내린 것이다.

그렇게 하여 시작된 도시 생활, 인천에서 채 2년도 안 되는 시간을 살았고, 그 후 서울로 이사를 하였으며, 지금껏 살고 있으니 그 시간이 거의 60년에 이른다.

적지 않은 세월이 흘렀다. 우리나라의 격동기라 할 시기를 모두 거쳤다. 60년대와 70년대의 암울했던 혼란기를 지나며 다소 희망이 엿보이기는 했으나 여전히 어설프고 어수선한 때였다. 기회를 이용하고 과잉으로 자신의 힘을 남용하는 경우가 있는가 하면, 어리석은 자들은 그야말로 천방지축으로 설치면서 자신의 욕망을 채우고자 경우도 없이 나대던 때였다.

그리고 80년대, 90년대로 이어지면서 과거가 가까울수록 회상 정도가 더욱 선명해진다. 인간은 결국 별것 아니다. 나도 그런 인간의 하나이니 제 얼굴에 침 뱉기이지만 돌아보면 부끄럽고 그 어리석음과 미숙의 인간성에 큰 한계를 느낄 뿐이다. 그러면서도 사람들은 살아간다. 마치 당연한 듯이 또 당당하게 으스대며 뭘 모르는 바보처럼 태연하게 잘도 자신의 생애를 살아가는 중이다.

아버지는 그저 당신 몫으로 여긴 범위 안에서 할 일을 해내며 길다면 긴 세월을 살았다. 무리할 것도 없었다. 신은 이미 모두에게 적절한 소임을 부여하였고, 그 역할을 무난히 해내면 모두에게 좋은 일이었을 것이다.

공교롭게도 나도 마흔의 나이에 떠나갈 준비를 하였었다.

멀쩡하고 안정적인 상태에 접어드는 조직 생활이었으나 이대로 나의 생애가 굳어질까 염려하였다. 국내 최고 재벌기업의 한 계열사 고급 간부가 되었지만, 이렇게 나의 생애를 정하기에는 마음이 허락하지 않았다.

그간의 생애를 살아오며 이제는 어떠한 의혹도 없이 인정해야 하는 나이에, 이런 삶이 나의 길이어서는 안 되겠다고 생각하게 된 것이다. 안정적인 조직에서 허락한 보상과 사회적 지위(?), 사회체계가 인정하는 신뢰를 바탕으로 적절하게 나의 미래를 어느 정도는 유리하게 끌어갈 수도 있었지만, 나는 오히려 더 이상 지체할 수 없다고 생각하였다.

내가 진정으로 가치 있다고 스스로 인정할 수 있는 모습과 그에 따른 삶의 유형이 있을 것이라 여기며 나는 불혹(不惑)이 아닌 미혹(迷惑)의 나이 마흔을 맞이하였다. 그리하여 1년의 준비를 거쳐 미국의 대학원에 유학 준비를 마쳤다.

그러나 이 계획은 때맞춰 우리나라가 외환위기를 당하여 IMF로부터 구제 금융을 받는 처지가 되었고, 당장 유학경비 조달이 문제였다. 당시의 달러 환율이 계획을 세울 때 기준으로 삼았던 수준에서

3배 이상 상승했고, 단순히 도전 의지와 용기만으로는 실행할 수가 없는 상황이 되었다.

결국 핑계나 장애요인일 수 있겠으나 나는 유학을 잠시 미뤄야 했고, 다니던 회사에서 퇴사한 상태라 당시 성업 중이던 벤처기업에 전직하여 몇 년 더 직장 생활을 하게 되었다.

그렇게 3~4년의 세월이 지난 이후, 환율이 예전만큼은 아니어도 어느 정도 하락한 시점이 되자 다시 유학을 시도하게 되었으나 이제는 나이가 40대 중반에 이르러 이런 조건에서는 미국의 대학원이 입학 허가서를 발부하지 않았다.

나의 억지스러운 도전 방식은 오래 간직하던 꿈을 저절로 수그러들게 하였고, 대신 아내와 아이들을 캐나다로 유학 보내는 방식으로 대안을 만든 후 나의 도전은 포기하기로 하였다.

결과적으로 시원치 않은 스토리텔링이 되어버렸다.

사실 주변의 누구로부터도 지지받지 못했던 계획이고, 부모님이나 형제들조차 의아해했을 것으로 여겨진다. 집안의 장남이고 종손이 나라를 떠나, 그것도 사십이 넘은 사람이 공부하러 유학을 떠난다는 사실에 의혹의 눈초리가 있었을 성싶다.

어쨌든 나는 그때의 불발에 크게 트라우마(trauma)를 갖게 되었다. 누구에게도 털어놓을 수 없었고, 공감을 얻지 못한 나의 계획은 이렇게 흐지부지되며 사라졌다. 마흔이 불혹이라는 사실을 거부한 나에 대해 마흔의 나이가 거부했거나 응징했던 것일까?

한동안 나의 의기가 꺾이고, 그 이후의 생활은 혼란스러웠고 어쭙잖았다. 무엇 하나 제대로 안정적으로 끌고 나갈 수 없었다. 그래도 나는 다시 자신을 정비하였고 새롭게 구도를 잡았다. 학위는 없었지만, 대학에서 겸임교수로 임용된 것을 계기로 국내에서 학위 과정을 수행하고자 하였다.

그 후 경영학 석사와 박사과정을 어렵사리 마친 다음, 학생들을 가르치고 연구하는 분위기를 익히며 자신을 위한 투자와 계발을 병행하였다. 그저 나만의 길을 가고자 하였다.

어차피 공부의 길은 쉽지 않았으니, 더 노력하며 제대로 공부하기 위해 원칙적인 자세로 임하였다.

남들의 시선이나 평가 따위야 무슨 의미가 있는가? 이런 과정 또한 커다란 실리(實利)는 없으나 누구나 할 수 있는 과정은 아닐 테니, 해냄으로써 나를 위한 존중감과 효능감을 높이면 되는 것이다. 땀과 노력과 시간을 투자하면 반드시 보상이 따르거나 의미 있는 변화를 가져다주게 마련이다.

이런 일련의 과정에 대한 나의 애환을 아버지는 조용히 지켜보며 응원하셨다. 실상을 모두 다 알 수는 없으셨겠지만, 분명 나의 상태가 어떤지에 대해서는 감지하고 계셨고, 내가 흔들리고 불안한 상태에 있을 때쯤 이렇게 말씀하시기도 했다.

"아버지하고 약속하자. 꼭 박사학위 받기로. 반드시 끝마치도록 해라."

평소에 이런 얘기를 하시는 분이 아닌데, 어찌 알고 이런 말씀까지 하신단 말인가? 아무리 아들이라고 해도 속이야 어찌 뚫어 보실 수 있을까 싶다. 나는 스스로 놀라고 마음이 격해지지 않을 수 없었다.

나는 늦은 나이에 하는 그 공부가 세속적으로 활용이 되고 학위를 받는다 해도 더 나은 조건으로 활용되는(Promotion) 것이 아니라는 사실을 알고 있었으므로 그저 내가 스스로 정한 길에서 최선을 다하는 노력의 일환일 뿐이라고 생각하고 있었다.

그런데도 아버지는 이런 나를 지켜보시며 마치 대놓고 지지하듯 힘을 실어 주신 것이다.

어느 아버지가 이렇게 순수하게 자식을 응원하실 수 있을까? 어느 아버지가 늘 실망만 끼치고 모자랄 뿐인 자식을 끝까지 기대하실 수 있을까? 지금도 생각할수록 아버지의 그 마음에 머리가 수그러지고 뜨거운 감회가 치솟는다.

아무튼 세월의 굴레는, 세월의 강은 여전히 쉼 없이 구르고 흘러간다. 이미 세상을 떠나신 아버지의 실체는 뵐 수가 없지만, 곳곳에서 세월을 넘나들며 불쑥불쑥 드러내시는 모습으로 영향을 주신다. 자칫 메마르고 무심할 수도 있는 나의 감정은 여전히 아버지를 떠올릴 때마다 메마를 수가 없다.

어머니의 편지

벌써 10년 전의 일이다.

2014년 12월 어느 날 어머니께서 봉투에 제목처럼 '나의 귀한 자식들에게'라고 쓴 편지를 전해 주셨다. 하나의 편지를 써서 같은 내용을 똑같이 복사하여 자식들에게 나누어 주셨으니, 누구에게나 같은 내용이었을 텐데, 그 내용을 보니 한편으론 유서와도 같은 의도가 담긴 편지였다.

이런 일을 겪으면 마음이 철렁한다. 예견하거나 준비할 수도 있는 사람의 운명에 대한 것이면서도 막상 그것이 현실이 되거나, 자신에게 일어나는 경우엔 누구라도 그에 대해 평소와 다른 반응을 하게 될 것이다. 따라서 나 역시 그런 낌새나 의도를 담은 편지이니 태연할 수 없는 상태로 긴장하며 그것을 대하게 되었다.

애써 아무렇지 않게 대하려는 마음으로 내용을 읽으려 해도, 앞으로 일어날 수 있는, 또는 멀지 않은 시기에 당할 수도 있는 일을 떠올리게 되니 마음이 오그라들 듯 평소 같지 않게 되었다.

편지의 내용에 담긴 어머니의 말씀은 그동안 어머니가 자식들에 대해 품고 있던 생각으로 어머니의 마음이나 성정을 읽을 수 있었다. 그간 어머니는 지나칠 정도로 자식들에 대한 의무와 양육에 대해 무한하게 생각하고 계셨다고 할 만하였는데, 역시 그런 만큼의 심정과 뜻이 오롯이 표현되어 있었다.

어머니는 우리 자식들을 "이생에 부모 자식으로 만나 긴 세월을 같이 보내면서 하루 한 시간도, 단 한 번도 마음속에서 멀어지고 잊어 본 적이 없으며, 무엇보다도 소중하고 귀하며, 항상 든든하게 믿고 의지하며 자랑스러웠던 내 자식들, 4남매"라고 하시며, "이생에서 내 자식들로 태어나 주어서 너무나 고맙고 행복했다."는 말씀을 덧붙이셨다.

그러면서 한편으로 미안한 마음으로 항상 죄의식을 갖고 고개를 숙이며 살아왔다고 하시니, 그리고 "능력 없는 부모라서, 부모라는 이름을 책임지지 못하고 부끄러운 기억만 남긴 지난 세월, 생각하면 미안하고 염치없다."고 하신다.

나는 이런 어머니에게 어떤 말로든 대답을 찾기도 어렵거니와, 그저 '아니오'라고, '그런 말씀은 하지 마시라'고 해야 마땅한 심정에서 마음은 복받치고 만다.

그동안 아버지와 어머니는 이런 심정을 가진 채 지내셨던 것인가. 당신들이 주신 한없는 사랑과 마음의 깊은 정은 자식들에게 언제라도 편안하고 든든하고 감사할 뿐이었는데, 어찌 이런 감정으로 자식을 대하신 것인가.

이것은 어머니, 아버지가 가진 무한한 사랑의 뜻이겠지만, 우리 자식들은 지금까지 어느 경우에도 그런 식으로는 생각조차 해 본 적이 없었으니, 그리고 제대로 자식 노릇을 하지 못하여, 또한 자랑스러운 자식이 되지 못하여 더욱 송구하고 죄스러울 뿐이었다. 그러므로 어머니께서 이런 표현을 하시고 이런 의식을 내보이시는 것은 한편으로 가당하지 않다고 여기게 된다.

그러면서도 평생을 맘 편히 지내시지 못하고, 숱한 고생과 당신들의 원(願)대로 살 수도 없었던 한(恨) 많은 시절을 보내면서도 자식들에 대해서는 이처럼 낮고도 한정 없는 희생의 뜻을 앞세우며 베풂만을 생각하고 계시는 데 대해서는 지나치다고 생각하게 된다.

아무튼 어머니는 부모와 자식 간의 인연으로 만나 여러 해를 살아오면서 평생 단 한 번도 멀어지고 잊어본 적이 없이 무엇보다 소중하고 귀하다는 말씀을 하시면서, 항상 든든하게 믿고 의지하며 자랑스러웠던 자식들이라고 하시니, 오히려 부끄럽고 죄송하기 이를 데가 없는 자식이었음을 한편으로 느끼게 된다.

어머니는 편지에서 "이생에서 내 자식들로 태어나 주어 너무나 고맙고 행복하였다."고 하셨지만, 실은 잘난 자식이라면 한때의 어려움이 있었을지라도 모두 해결하고 많은 시간을 걱정 없이 편하고 자랑스럽게 지내게 해 드릴 수도 있었을 텐데, 그렇지 못했음을 스스로 알기에 이는 당치도 않은 말씀으로, 미안하고 송구하기만 한 심사를 떨치기가 어려울 뿐이다.

더욱이 어머니와 아버지는 이런 부족한 자식들에게 할 수 있는 은덕과 정성을 다해 주셨음을 우리는 잘 알고 있다. 그러니 이런 식으로 전하는 어머니의 마음에 새삼 더욱 벅차오름을 느끼며 편지 속의 내용을 새기게 된다.

어머니는 당신의 자식들과 손자 손녀들에게 다음과 같은 말씀을 전해 주셨다. 남겨질 자식들에 대한 덕담과 기원인 셈이다. 다시 말해 자식들이 소원하는 것을 성취하고, 남들이 부러워할 만한 것들도 누리고 행복하면서, 또한 정겨운 형제간이 되길 바라셨다. 그리고 서로 4촌간인 9명의 손자와 손녀들이 계속 반갑고 정다운 사이를 유지할 수 있도록, 또 모두 성공하여 남들이 선망하는 대상이 되기를 기도하신다고 하셨는데, 어머니에게는 남겨지는 혈육들의 모든 것들이 다 눈앞에 어른거리고 마음에 걸리는 대상일 것이다.

물론 이런 바람은 우리 어머니뿐 아니라 세상의 모든 부모가 자식들에게 당부하고 바라는 덕담과 기도에 해당할 말씀일 것이다. 그렇더라도 이처럼 곧 이승을 떠날 때를 염두에 두고 전하는 말씀이니 얼마나 절절한 심정을 담고 있을 것인가 하는 생각이 들었다.

그러면서 더욱 강조하며 당부하고 바라시는 내용이 이어졌다. 아무래도 어머니에게 앞으로 일어날 수 있을 일을 염려하고 계신 것이다.

이를테면 "때가 돼서 보이게 될 이상한 증상에 대해서는 절대 병원에 가지 말기"를 당부하신 것인데, 이는 무엇을 예상하면서 하시는 말씀인지 잘 알 수는 있었다. 그러나 이것에 대해서는 어머니 바람대로 되기는 어려운 일일 것이다.

앞으로 이승을 떠나 저승으로 가시게 되는 때가 올 것이며, 그때 어떤 식으로 이승과 그간의 인연들을 정리하고 떠나게 될지 알 수가 없으며, 혹시라도 염려하는 식의 경우가 발생한다고 해도 어떻게 아무런 조치도 취하지 않고 "며칠 기다렸다가 처리하라."는 말인가.

이처럼 어머니는 편지에서 당신의 말년(末年)에 발생할 일들을 염려하면서, 그 처치를 할 자식들에게 생기게 될 불편함과 부담을 전가하지 않으려는 뜻을 미리 감안하며 이런 당부를 분명하게 전하고자 한 것이겠으나, 이는 인륜적으로나 기본적인 인간의 의식으로는 수용할 수 없는 당부인 셈이다.

또한 이런 일로 보이게 될 당신의 마지막 모습 역시 걱정일 것이다. 정상으로, 아니 그나마 건강한 상태로 회복하기 어려운 것을 인지할 수 있으니, 병마와 다투는 초라하고 힘겨워하는 당신의 모습을 자식들이나 주위 사람들에게 보여주고 싶지 않은 마음도 있을 것이다. 따라서 당신 입장에서 자식들이 겪을 부담감과 더불어, 그런 상태까지 가고 싶지는 않다는 다짐이라 할 수도 있을 것이다.

"요새 병원이나 요양원은 죽은 사람도 몇 배로 연장하여 시간을 끌고" 또한 "어차피 죽을 사람 초라하고 흉한 모습 보이는 것 절대로 망자도 바라는 것이 아니다."라고 하시며, "빠른 시간에 끝낼 수 있도록 하는 것이 가는 자나 보내는 사람들의 고통을 덜어주는 방법으로 최선이다. 이것이 나의 마지막 유언이다. 명심하기 바란다."라고 단호하게 적고 있었다.

어머니는 10년 전에 이렇게 당신의 죽음을 맞이하는 마음가짐과 자세를 정하고 계셨다. 물론 아버지와 어머니는 이보다도 훨씬 전인, 70세쯤 되었을 때 이미 수의를 준비해 두셨다. 죽음이 임박하지 않았어도 언젠가 맞이할 죽음을 스스로 준비하는 것은 생애에 대한 자연스런 대응이라는 인식일 것이다.

또한 아버지는 고향에 선조들이 묻혀 계시는 선영(先塋)이 있지만, 자식들이 비교적 왕래하기 수월한 서울 근교(近郊)에 돌아가시면 묻힐 공원 묘원을 미리 알아보시기도 하셨다.

죽음을 원하는 사람이 어디 있으랴. 또 70세가 적은 나이는 아니지만, 여전히 어느 정도는 건강한 상태에서 생활을 유지해 갈 수 있는 연배이시며, 당시 나의 부모님만 해도 특별히 건강상의 문제나 그런 징후가 있었던 것도 아니었다.

그럼에도 이런 식으로 당신들에게 주어진 이승에서의 삶과 그 이후의 처신에 대한 자연스런 대응도 함께 생각하고 계셨던 것이다.

지금부터 6년 전에 돌아가신 아버지의 경우, 그때 미리 준비해 두었던 수의를 20년 가까이 지난 시점에야 입혀드렸고, 어머니의 수의 역시 20여 년도 훨씬 더 지난 지금 집에 보관되어 있다.

현재 어머니는 요양병원에서 몇 달째 거동조차 못 하고 누워 계신다. 더욱이 식사까지 제대로 못 하시니 살이 쪽 빠진 모습인 채 간병인의 수발을 받고 있다. 치매 상태로 이미 몇 년이 되었고, 아직은 사람들을 완전히 못 알아보는 것은 아니지만, 점점 기억력이나 사람들에 대한 인지상태가 안 좋은 쪽으로 흘러가고 있다.

이런 상황에서, 그때 전해 주신 어머니의 편지를 다시 꺼내 읽어 보니 아마도 어머니는 이런 상태에 처하게 되는 것을 염려하신 듯싶다는 생각을 해본다. 평생을 까다롭다 할 정도로 처신에 매우 신경을 쓰며 살아오신 어머니로서는 이런 모습을 사람들에게 보여주기가 매우 싫으셨을 것이고, 그래서 유언과도 같은 편지를 써서 이런 상태에 처하지 않도록 해 달라고 당부하신 것이리라.

그러나 어쩌랴. 어머니의 당부가 그렇다고 해도 자식들로서는 어머니의 뜻이나 방법대로는 처리하거나 해결해 드릴 수가 없으니, 다만 안타까움과 미안함과 죄송스러움이 커질 뿐이다.

아무튼 어떤 식으로든 부모님께 제대로 효도하거나 뜻을 지키며 원하시던 대로 따르지도 못하니, 두고두고 죄인으로 남게 될 것만 같다.

헤어질 결심

"언제 겨울이 왔을까? 계절은 사람이 늙는 것처럼 서서히 쇠퇴해 갔다."

알랭 드 보통(Alain de Botton)의 여행에세이 「여행의 기술」 시작 부분이다.

언제 겨울이 왔는가 싶었는데, 벌써 2월 중순이다. 이미 입춘이 지났고, 이번 겨울은 유난히 눈도 많이 내렸으며, 혹독한(?) 추위도 예전에 비해 많았던 것 같은데, 그랬던 겨울바람 속에서 섣부르지만 온기조차 느껴지는 듯하니, 겨울도 곧 끝을 향하는 듯하다.

해마다 우리는 계절을 맞이하고 떠나보내는 것을 반복하는데, 우리의 그 계절들은 알랭 드 보통이 말하는 대로 늘 그대로가 아니었던가 보다. 실상이 그런가?

계절을 맞고 보내던 우리가 해마다 나이 들어가고, 늙어갔던 것처럼 계절도 나이 들며 쇠퇴해 갔기에 지금의 내가 맞는 계절은 여덟 살 때의, 마흔 살 때의, 그리고 지금 예순 중반의 그것들이 아니기에, 여러 계절들을 보내고 맞는 그 사이에 아버지는 세상을 떠나셨고, 총명한 기억과 분명한 사고를 늘 지키려 했던 어머니는 지금 중증 치매를 앓고 계신 것인가 보다.

지금 맞으려 하는 봄도 새삼 지난해의 봄과 같지는 않을 터, 나는 이제 분명하게 지난 것들과 내가 알고 지키려던 것들과 헤어질 결심이라도 하지 않으면, 나의 서글픔은 걷잡을 수 없는 혼란 속에 그 정도가 더해질지도 모른다.

다시 또 새로운 계절을 기다리며 묵은 계절을 떠나보내는 시간을 맞고 있다. 자연의 어김없는 법칙이요, 인류가 오랜 세월 반복하며 경험하는 과정이다.

지난 가을 끝 무렵, 계절이 바뀌는 순간을 느끼며 유난히 이런저런 생각에 젖어들었었다. 그리고 〈떠난다는 것〉이라는 제목으로 시를 한편 쓰면서 어린 시절 고향을 떠나올 때와 그 이후로 여기저기 이사를 다니면서 오랜 세월 동안 어디론가 이동하곤 하였던 것을 떠나는 것에 빗대며, 계절의 떠남을 중의적으로 느끼는 감정에 몰입하였다.

나는 남원포에서 떠났고
인천에서 떠났다가
다시 서울에서 떠났고

(중략)

떠나니 기억하고
서러우니 사무치고
그 속에 살고 살아남아

(하략)

이런 졸시(拙詩)를 통하여 나의 정서를 표출하며 생각에 휩싸였는데, 이는 나이 들어가는 과정에서의 자연스런 반응이지 싶었다. 그러면서 시간과 장소뿐 아니라 가까운 많은 사람들, 특히 부모님을 포함하여 주위의 여러 사람들도 자연스레 같이 떠올려졌다.

이것이 자신의 생애에 대한 것이면서 사람의 정에 관한 일이라는 생각을 하며 짧지 않았던 그간의 생애동안 만나고 헤어진 숱한 기억들, 가볍게 지나칠 수 없는 무거운 기억들, 아쉬움이나 후회의 문제만이 아니라, 돌이켜 보면 나를 채웠던 그 자체였던 것들, 이제는 지나고 없어졌거나 돌이킬 수 없는 것들까지 예사롭지 않은 상태에서 상념을 견디는 시간을 보냈다.

길다고 하면 긴 시간 동안 나와 함께 하거나 나를 만들어 온 것들이 사라진다. 사람과의 만남과 헤어짐도 많았거니와 앞으로 또 그러할진대, 그것들은 어찌할 것인가? 여전히 붙들어 매달릴 수도 없는 불가한 일들이 앞으로 벌어지게 된다면 그리 반응하면 되는 것인가? 예상되고 곧 그리 될 것이니 미리 앞세워 준비해야 하는 것인가? 이리 생각하다가 미리라도, 아니 마음으로라도 헤어질 결심을 해야 하는 것인가를 떠올렸다.

이제 연로해지신 데다 중증의 치매를 앓고 계신 어머니가 점점 더 예전 같지가 않다. 그동안 아침에 출근하여 저녁에 귀가하는 데이케어센터(day care center)라는 곳을 나가셨는데, 낮 동안 집에 홀로 계실 때보다는 지내는 것이 좀 더 나아 보였으나, 요즘 들어 하루가 다르게 잠깐이라도 걷는 것을 힘들어 하시고 귀찮아하시는 것을 보니, 이제는 여럿이 어울리고 잠깐이라도 활동하는 것이 무리가 되는 때가 다가온 것인가 싶어 마음이 무거워진다.

어찌해야 하나.

그나마 집에 계시게 한다면, 혼자 있는 집에서 거의 종일을 누워만 계실 텐데, 이것이 맞는 것인가? 조금 더 힘이 들어도 사람들과 어울리며 다소라도 움직이며 활동해야 하는 것은 아닐까?

그렇다면 집이 아닌 누군가가 돌보면서 여럿이 어울려 지낼 수 있는 요양원 같은 곳으로 가야 하는 것인데, 이것은 결국 지금까지와는 다른 환경으로, 그리고 그나마 식구들과 함께 있는 공간을 떠나야 한다는 것이다. 다시 말해 지금까지의 모든 것으로부터 헤어져야 하는 순간을 의미하는 것이다.

어머니야 이를 스스로 결정할 수 없으니, 결국은 나의 판단과 선택으로 결정되어야 할 일이다. 떠나고 헤어지는 것의 반복인 인생이라 해도, 이것은 다소 심경을 복잡하게 한다. 쉽지 않은 결정, 이 "헤어질 결심"을 어찌해야 하는가.

제2부 아버지의 강

고향(故鄕)

태안 근흥에 가보고 싶었다.

아버지의 강

젊은 아버지의 초상(肖像)

아버지의 편지

장정리(長井里)

고향(故鄉)

1.

나는 충청도(忠淸道)가 고향이다. 아버지의 고향은 충남 서산 정미면 매방리, 어머니는 충남 예산 고덕면 도용리이며, 나는 당진 신평면 신흥리에서 태어났다. 누가 봐도 충청도 사람인데, 우리 집이 충청도를 고향으로 둔 것은 나의 8대조 진사공[휘(諱) 전(㙮)]께서 이곳 충청도 당진의 구룡리로 이사를 오시면서부터라고 한다.

조선시대 들어 꽤 오랜 시간 동안 서울 서소문 밖 근처에 우리 집안의 집성촌이 있었다고 한다. 당시의 마을 이름이 대거동(大車洞)이고, 지금의 위치로는 경찰청 건물을 중심으로 농협 본점에서 중앙일보 본사 부근에 이르는 지역으로 추정된다.

연산군 재위시절 나의 16대조 대사간공[휘(諱) 형(詗)]과 세 아드님께서 연산군의 갑자사화로 참화를 당하자 남은 가족들이 경상도 상주로 피신한 이후 그곳이 새로운 삶의 터전이 되었지만 다시 서울 옛터로 돌아온 것은 2대가 지난 후였고, 따라서 2대 정도만 서울을 떠나 있었을 뿐 어찌 보면 서울(한양이라 해야 옳겠지만)이 우리의 세거지(世居地)라 할 수 있었다.

그런데 내 8대조[휘(諱) 전(㙊)]께서 서울을 떠나 연고도 없는 충청도 당진 땅으로 가솔들을 이끌고 이사를 하셨던 것이다.

아마 세파에 휘둘리기 싫으신 성품으로, 또한 세상이 당쟁으로 어수선한 데다 이미 속한 당(남인)의 세력이 약화되니 나라에 봉사할 기회도 많지 않았던 터에 선비로서 그 모든 것으로부터 떠나 있고 싶었을 것으로 추측해본다.

호(號)가 도은(陶隱)이셨던 할아버지께서는 당진으로 이사하신 후 도자기를 굽고 시골생활을 즐기셨다고 하니, 한편 학문과 함께 예술적으로 여유 있고 유유자적한 생애를 보내셨을 것이다. 또한 진사시에 입격은 하셨지만 벼슬을 하고자 하지는 않았고 품계가 정5품 통덕랑에 머무른 것은 집안의 음덕에 따른 것이라 할 수 있다.

그러나 슬하에 두 아드님을 두셨는데, 장남은 정시문과를 합격하고 순천부사, 동래부사 등 외직과 대사간, 우승지, 병조참의 등을 지내신 동래공[(집안에서의 호칭, 휘(諱) 필리(必履)]과 진사시 장원급제를 하고 정산군수, 전의군수 등을 지낸 다음 정3품 첨지중추부사의 품계를 받으신 차남 정산공[휘(諱) 필교(必敎)]을 두셨으니 낯선 충청도 오지에서도 출중한 두 아드님을 양육하셨다.

그런데 진사공께서는 당신의 차남인 정산공을 재종(再從, 6촌) 아우인 유정공[柳汀公, 휘(諱) 취(橇)]에게로 양자를 보내어 후사(後嗣)를 잇도록 하였는데, 따라서 나는 생가(生家) 선조가 진사공이지만 정산공께서 양자를 가셔서 대를 이은 유정공의 후손인 것이다.

다소 복잡해 보이지만 옛날에는 대를 잇는 것이 매우 중요하였다. 말하자면 아들이 없어 제사가 끊기는 것은 유교의 집안에서는 용납이 안 되는 매우 중요한 일이었기 때문이다. 그래서 어떻게 하든 후사를 찾아 대를 잇고 제사를 이어가도록 했던 것이다. 조상에게 제사를 모시는 것은 성리학과 주자학을 기반으로 한 유교이념으로 정치체제를 갖추고 그 체제에서 중추적인 역할을 하는 사대부(士大夫) 집안의 필수적인 과업이라 할 수 있었다.

그리고 양자를 가서 입계한 정산공께서도 후사할 아드님이 안 계셨기에 다시 형님(伯兄)인 동래공의 3남인 친조카[親姪, 휘(諱) 세문(世文)]를 입계(入系)하여 당신의 대를 이으셨다. 결국은 생가(生家)로 보면 우리 집은 동래공의 후손인 셈이다.

2.

충남 서산군 정미면 매방리.

아버지의 고향마을 '매방리(梅坊里)'. 이름이 매우 아름답다고 느꼈다. 동네의 여기저기에 매화꽃이 만발하는 동네, "매화꽃 피는 마을"이라는 그림이 그려졌다.

그러면 실제 그러한지 한자어를 찾아 확인해야 했지만, 그러지는 않았다. 그저 내가 느끼는 대로 기억하고 싶었다.

아무튼 매방리를 생각할 때마다 예쁘고 고상한 매화꽃이 동네 곳곳에 피어나고, 야트막한 산으로 둘러싸여 있으면서 남서쪽으로는 탁 트여 너른 논밭이 있는 마을, 생각만 해도 아늑한 동네라고 상상하고 있었다. 그리고 실제로 그 동네를 찾아가서 확인하고 싶었다.

그런데 정작 아버지의 그 고향 마을을 세월이 한참 지나서야, 그것도 잠깐 동안 지나는 길에 들러보았을 뿐이었다.

사람의 마음이 그런가 싶다. 궁금하여 꼭 서둘러서 가보고 싶다 하면서도 차일피일 미루고, 그러다가 다른 무언가에 선수(先手)를 빼앗기고 어떤 때는 생각조차 잊게 되기도 한다. 이런 것이 사는 것이라

변명하면서도 별다른 이유를 찾을 것도 없이 어느 사이에 시간은 훌쩍 지나있게 된다.

　그 '매방리'를 시간이 한참 흐른 후에 우연하게 예정에도 없이 들러볼 수 있게 되었다. 때는 초가을쯤이니 매화의 분위기는 찾을 수도 없었거니와 그것을 의식하지도 못하였다. 이렇듯 의식과 현실의 괴리가 있는 것이다.

　그러나 동네의 분위기는 내가 상상하던 그대로였다. 큰길가에서 벗어나 샛길로 빠져서 작은 산등성이를 넘어서야 했는데, 그 너머에 아늑하고 그래서 포근한 느낌의 동네가 자리하고 있었다.

　만일 봄이라면 눈에라도 띄어 확인이 가능했겠지만, 여기저기 매화꽃이 심어져 있었을 것이라는 데는 생각이 미치지 못했다. 그것 말고는 내가 그렸던 아늑하고 평화로운 시골 마을 그대로여서 마음이 편하고 좋았다. 어릴 적 아버지가 사셨던 집터가 있는 곳을 가보았고, 다녔던 초등학교도 가보았다.

　그 학교에는 오래 전 졸업한 선배들의 졸업 사진도 액자에 담아 교실 복도에 게시해 놓았는데, 아버지가 졸업하신 연도의 사진도 찾을 수 있었고, 그 속에서 어린 시절의 아버지 모습도 발견할 수 있었다. 집에 보관하는 사진첩에는 없는 처음으로 보는 사진이었다.

　이렇게 조금만 의지를 가진다면 언제든 가볼 수 있는 그런 곳이었다. 한해 한두 번은 들르는 할아버지 산소가 있는 장정리(長井里)를 가려면 매방리로 넘어가는 길을 거쳐 가게 되어 있으며, 왼쪽으로 빠지면 매방리로 갈 수 있고, 장정리는 가는 방향으로 쭉 가야 했다. 그러니 왼쪽 방향으로 샛길을 따라 산등성이를 넘으면 되는 곳이 매방리였으니, 가는 길이 그리 어려운 것도 아니었다.

다만 할아버지 산소는 주로 벌초를 하기 위해 올 때가 많았는데, 늘 그 일이 끝나면 시간적인 여유 없이 서둘러 집으로 돌아가기 바빴던 일정을 반복하였기에 그렇게 되었다.

잠깐 동안이면, 길어야 1~2시간이면 충분할 수도 있었는데, 그동안 그렇게 하지 못하였던 것이다.

아무튼 그날은 아버지 어머니를 모시고 동생들과 함께 산소에 갔는데 볼일을 보고 난 후 작정을 하고 들르기로 했던 것이다. 벌써 십여 년 전의 일이 되었다. 이미 아버지가 살던 집터는 없어졌지만, 대략 어디인지 확인할 수는 있었다. 다소 가파른 느낌이 들지만 집 뒤쪽으로 산이 둘러쳐져 있으니 배산(背山)이요, 앞으로 탁 트인 밭과 논으로 이어지는 너른 들이 매우 평화롭고 편안하였다.

마침 그 마을의 노인을 만나게 되었는데, 그분이 아버지를 알아보기까지 하였다. 나이가 노인이지만 아버지보다야 연령의 차이가 나니 아버지는 그분을 기억할 수 없었지만 그분은 분명하게 아버지를 기억하고 있었다. 어린 시절 자라면서 아버지의 이름을 많이 들으며 자랐다고 하였다.

참 놀라운 일이다. 벌써 언제 적 이야기인가? 아버지는 그곳에서 10대 시절을 보낸 후 당진군 신평면으로 이사를 하였고 다시는 그곳에 돌아가지 않았다. 다만 작은 숙부들은 같은 또래의 어린 시절 친구들이 있었는지, 연락이 닿는 분들이 있었다고 했지만, 아버지는 그것으로 고향 마을과는 인연이 없었던 듯하였다.

언제나 무엇이든 멀고도 가깝다. 거리가 생기는 것은 어떤 뜻도 의지도 아니며 우리의 삶이 그리 자연스럽게 만들어간다. 그러나 언제나 마음에는 존재하고 그것이 실제와 마음 사이에서 우리를 지배하며 우리의 삶의 일부가 되어주는 것이다.

아버지에게 고향이 어떤 의미였을지는 잘 모르겠다. 사실 고향이라 해도 그저 상징적이거나 인식의 흔적에 불과할 수도 있다. 당장의 삶과 우선순위의 일들이 있고, 또한 어떤 이유에서든지 그리 절실하거나 의미가 중요하지 않을 수도 있을 것이다.

더 큰 일들이, 더 소중한 기억들이 그동안 얼마나 많이 생겨나고 기억 속에 저장되었겠는가? 반드시 아름답지만도 않았을 수 있고, 어떤 이유에서 그리 감상에 젖어 그리워하거나 반드시 챙겨야 할 만치 현실적으로 급박한 일이 아니어서 미뤄둘 수도 있는 것이다. 그러나 고향이란 절대 변하거나 바뀌지 않는 사실들임은 분명하다.

3.

내가 태어난 곳, 즉 나의 고향은 충청남도 당진군 신평면 신흥리이다. 이곳은 할아버지가 서산군 정미면 매방리에 사시다가 형님이신 큰할아버지가 살고 계신 이곳으로 이사를 오라고 해서 옮겨온 것이라 하였다.

정미면 매방리는 나의 증조할머니께서 증조할아버지가 젊은 나이에 갑자기 돌아가시자(1910년 37세), 전주이씨였던 증조할머니의 일가친척들이 모여 살던 이곳으로 이사를 하여 두 아들과 딸을 홀로 키우며 살던 곳이다. 그리고 그 이후 자식들이 성장하고 출가하게 되면서, 둘째아들이면서 종손이 된 나의 할아버지와는 계속 이곳에서 사셨을 것으로 생각하고 있다.

여기에 대해서 제대로 듣거나 내가 관심을 가지고 물어본 적은 없기에 세세하게는 알 수 없으나, 대략 나의 기억은 이렇게 알고 있다.

아무튼 그렇게 나의 할아버지는 증조할머니를 모시고 매방리에 사시면서 결혼하고 6남매를 두시게 되었다. 그 이후 증조할머니께서 돌아가시고(1937년) 시간이 흐른 후 결국 위에서 언급했듯 그런 과정으로 할아버지와 할머니 등 식구들은 매방리를 떠나 당진 신평으로 이사를 하신 것인데, 아버지는 아마 매방리에서 어린 시절과 사범학교에 입학할 무렵까지 사셨을 것으로 생각된다.

사범학교를 졸업하고 교원이 되었을 때는 신평면 신흥리에 사시면서 근처의 국민학교 교사로 근무하셨다. 아버지는 그곳에서 어머니를 만나 결혼하고 나를 포함하여 동생 둘을 낳을 때까지, 그러니까 1965년 인천으로 이사하기 전까지 사셨다.

아버지는 사범학교를 졸업한 후 첫 직장으로 근무를 시작한 태안군 근흥면의 근흥공립국민학교 교원이던 시절을 제외하고는 신평에 사시면서 근처의 국민학교 교원으로 출퇴근하셨는데, 옆 동네인 우강면에 있는 우강국민학교, 신평면에 있는 신평국민학교 등에서 교사로 근무하셨다.

내가 신평국민학교 1학년에 입학하고 1학기를 마칠 무렵 우리는 인천으로 이사를 했다. 인천으로 가는 기선이 이삿짐을 싣고 출발한 우강면의 남원포가 어렴풋이 기억난다. 지금이야 더 이상 포구로서는 제 역할을 못할 만치 환경이 바뀌었겠지만 작은 갯골 같은 포구로 배들이 드나들던 기억, 작은 포구의 정취가 언뜻 떠오르곤 한다. 그때 이후로 다시는 가보지 못했지만, 멀지 않은 때에 이 남원포에도 가보고 싶다는 생각을 한다.

태안 근흥(近興)에 가보고 싶었다

태안군 '근흥'에 가보고 싶었다.

막 20대에 이른 아버지가 소학교 교사로서 처음 사회생활을 시작한 그곳, 아버지가 교사로 처음 부임한 학교가 있는 곳, 충청도 태안군의 근흥면(학교가 있는 동네 이름은 세세하게 알지 못한다).

그 당시 학교의 이름은 '근흥국민학교'로 불렸을 것이며, 지금은 '근흥초등학교'로 바뀌었을 것이다. 지금이야 그 당시의 모습을 전혀 연상할 수 없을 만큼 변하였을 테니, 그곳에서 옛 자취를 기억하거나 찾는다는 것은 불가능한 일이겠으나, 그저 아버지의 첫 근무지였던 그곳에 가보고 싶다는 생각이 들었다.

나는 태안에 대해 잘 알지는 못한다. 단지 항구가 있는 태안 '신진항'과 천연 사구로 유명한 '신두리'에 모임을 따라 잠시 가 보았을 뿐이다. 그러니 충청도 출신이면서도 '태안'이라고 칭할 만한 지역에는 가보질 못한 것이니 태안을 잘 모르고 있는 것이 맞다.

아버지는 불과 20살 안팎의(만 나이로 하면 18살이요, 보통의 나이로는 스무 살이었다) 젊은 청년으로서, 세상살이에 익숙하지는 않았지만 교사로서의 사명감과 의지를 불태우며 풋풋한 정신과 희망을 가지고 임지인 근흥으로 가셨을 것이다. 한편 모든 것이 새로웠을 테니 낯설음과 불안감도 있었을 것이다.

지금과 당시는 모든 것에서 성숙도의 차이가 있을 테니 맞비교하기는 어렵겠지만, 요즘 20대 초반의 청년과 비교할 때 대학 신입생 정도의 나이이니, 아무리 의젓하고 성숙했다 해도 심적인 부담이 없지는 않았을 것으로 생각된다.

그럼에도 아버지는 자신의 가슴속에 담은 당신의 희망과 용기, 그리고 마음 깊은 곳에 담아두었을 조국의 해방, 가난한 가족을 편히 지내도록 도움을 주고 싶다는 바람 등을 지니고 자신의 미래를 향해 첫발을 내디디셨을 것이다.

모든 일의 처음은 매우 강렬하고 오래가는 법이다. 그 출발의 인상이 그 이후의 태도와 활동에 큰 영향을 미치게 된다.

나도, 벌써 40년이 다 되어가는, 많은 시간이 지난 일이 되었지만, 첫 번째 직장에 입사하여 처음 출근할 때의 심정과 마음의 각오는 오래 나를 버티게 해주는 방향타가 되었고, 그 직장과 관련된 환경에 대한 기억은 지금까지도 내게 뚜렷하게 각인되어 있다.

물론 내 경우, 그때의 그 직장은 차선책으로 선택된 곳이어서 다소 심정이 흔쾌하진 않았다. 그래서 솔직하지 못하게 좋아할 수도 없고, 그렇다고 싫은 것도 아닌 어정쩡한 상태에서 사회생활을 시작하였다. 그 때문에 지금도 나는 그때 내가 취했던 어정쩡한 인식과 감정 상태에 대해 올바르지 못했다고 반성 아닌 반성을 하며 스스로를 못마땅하게 여기고 있다.

그럼에도 그 당시의 느낌이나 기분은 그 이후 어느 순간에 겪었던 것보다는 매우 특별했다는 사실을 알게 되었다.

이런 느낌으로 아버지의 경우를 생각해 보면, 아버지는 매우 남다른 생각을 하였을 것으로 여겨진다.

당시 우리나라는 남의 나라의 지배를 받는 상태였고, 대부분의 국민은 가난한 삶으로 하여 교육을 마음대로 받을 수도 없었다. 따라서 자신의 뜻을 펼칠 직업이 마땅치도 않았고, 바람직한 직업을 구하는 것이 매우 어려운 처지였을 터이다. 그래도 아버지는 일제가 설립한 사범학교이긴 하지만, 입학한 다음 장학금 받아가며 학비를 내지 않고도 교육을 받아 후학을 양성하는 교사가 되셨으니 뜻깊은 진로 선택이라고 할 수 있었다.

지금은 교사의 지위와 평가가 많이 달라졌지만, 예전의 교사는 군사부일체(君師父一體)라 하여 매우 존귀한 존재로 인정받으며 중요한 역할을 하는 직업이었다.

지금도 교육자의 지위와 역할이 소중한 것은 여전하지만, 대중의 인식이 예전 같지 못한 현실은 안타까운 일이다.

아버지는 그렇게 사범학교를 졸업한 후, 근흥국민학교에서 교사로 근무하셨고, 2년쯤 뒤에는 고향인 당진군 신평면에 인접한 당진군 우강면에 있는 '우강국민학교'로 전근하셨다고 했다.

식민 지배를 받던 우리나라가 일제의 패망으로 해방을 앞둔 시점이고, 굴곡진 우리 현대사의 격동기였으니 국민이라면 누구라도 그 영향을 받지 않을 수 없었을 텐데, 젊은 교사였던 아버지는 어떤 생각으로 그 시기를 보내셨을까?

인간은 사회적 동물이다.

자신의 인지능력과 사리분별에 따라 이성적이고 합리적으로 판단하여 행동하면서도 쉽게 사회 환경과 상황적 여건의 영향을 받으며 감정상으로도 자연스럽게 흔들리거나 변할 수 있는 것이 인간이다. 따라서 자신의 의지와 능력만으로 버티기 어려운 경우가 많을 수밖에 없다.

그렇다면 아버지는 갑작스런 환경 변화 속에서 어떤 생각과 판단을 하셨을까?

젊은 지식인이자 교사로서 어린 학생들의 바람직한 미래를 이끌고 제대로 성장하도록 가르쳐야 하는 입장에서 마음속에 커다란 돌덩이라도 들어있는 듯 무거운 상태였을 것으로 여겨진다.

삶이 가볍고 즐거울 수만 있다면 얼마나 아름다울까? 당신의 여건은 조금이라도 마음을 내려놓을 수 없다고 외쳐대지만, 한편으로 젊은 혈기는 정의와 올바른 가치를 요구하고 있었다.

변혁의 시대에 무언가 큰 변화의 물결이 밀려오는 것을 몸과 마음으로 느끼고 의식할 수 있는데, 부모님과 어린 동생들을 포함한 대가족의 생계를 책임져야 할 가장의 입장도 내려놓기가 어려웠기에 그 시기는 아주 불편한 심사로 살아갈 수밖에 없었을 것 같다.

아버지가 두 번째로 근무했던 우강국민학교는 나의 고향인 '신평'에서 멀지 않은 곳에 있다.

그렇지만 그 학교 역시 가본 적도 없고 우강면 역시 떠오르는 것이 별로 없을 정도로 기억 거리가 없다.

내가 여덟 살 무렵, 우리 집은 고향에서 떠나 인천으로 이사하였으니, 어린 내가 가본 곳이 얼마나 될 것이며, 또한 가보았다고 한들, 무슨 기억이나 제대로 할 수 있겠는가?

그리고 그 이후 성장하여 어른이 되고도 달리 그곳으로 가봐야 할 계기마저 없었으니 당연하게도 생전(生前) 가보지 못했던 곳일 수밖에 없다.

　다만 아버지에 대해 추억하며 새삼 자식으로서 아버지에 대해 제대로 아는 것도, 세세히 관심을 둔 적도 없었던 데 대해 매우 안타깝고 죄스러워하던 중에 이렇게나마 떠올려 보는 것이다.

　지금도 여전히 가보지 못한 곳이긴 마찬가지여서 조만간 한번 다녀와야겠다는 생각만 하고 있다.

아버지의 강(江)

강은 세월을 초월하여 쉼 없이 유구한 시간을 흐른다.

우리가 잘 알고 있는 『선구자』라는 노래는 다음과 같은 가사로 오랫동안 사람들에 의해 불리고 있다.

일송정 푸른 솔은 늙어 늙어 갔어도,
한 줄기 해란강은 천년 두고 흐른다.

자연의 생물은 아무리 긴 수명을 가졌다고 해도 한계가 있게 마련이지만, 한 줄기의 해란강은 세월을 초월하여 천년 두고 변함없이 흐르고 있다는 노랫말이다. 세상의 어느 것도 변함없는 것이 없는데, 천년 두고 흐르는 강은 변함이 없다는 것이다.

강은 제 길을 스스로 만들었거나 나 있는 길을 따르거나, 한결같이 그 길을 따르는 물줄기는 원리를 지키며 하염없이 길을 따라 흐르고 흘러가는 중이다. 이미 천년을 흘렀으되 여전히 앞으로도 그러리라는 점을 의심할 까닭이 없을 터이다.

우리에게 강은 우리를 지탱하는 생명의 흐름이요, 그 자체라 해도 그 누가 틀리다고 말할 수 있으리오. 한결같고 영원한 생명력의 강이 우리의 생애를 흐르며 생명의 영속성을 대신한다. 나에게 강이란 그런 기본적인 천명(天命)의 뜻을 담고 있거니와 우리를 포용하는 생명의 그릇 같은 상징의 실체요 원천이 아닌가 한다.

아버지가 돌아가시고 시간이 좀 지나고 보니 오히려 전에는 잘 못 느끼던 아버지의 생애에 대해 보다 더 생각해 보게 되었다.

이미 이승에서의 생애를 마감한 마당에 더 이상 어찌해볼 수 없게 되었고, 모든 것이 끝이 난 현실에서의 회상이나 추억하는 데 불과한 것이니, 그저 아쉬움과 서글픔을 느끼는 수준에 그치는 것이라 할 수 있겠지만, 한 인물의 생애가 때론 공평치가 않다는 불평을 정작 당사자도 없는 가운데 나 자신에게 하소연하듯 하게 된다.

물론 나만의 감정적인 반응을 겪어내는 일일 뿐이라는 사실을 모르지 않는다.

아버지의 일생은 인내의 과정이었다. 젊은 시절, 아버지를 선택의 갈림길에 서게 했던 배경은 자세히 알 수가 없지만, 시대적 요인도 있고 개인의 여러 생각들이 그렇게 하도록 영향을 미쳤을 것이다.

개인만의 인생관과 철학 또는 성향이 영향을 끼친 요인일지라도 세상일은 그리 간단히 단정하거나 평가할 수 없다. 세상의 일은 '그렇지 않았다면'이라는 단서를 통해 선택의 엄정함을 비교하거나 판단하기도 한다.

저마다의 주관적 관점이 있고 그것은 서로 다르다고 할 수 있다.

내가 하면 정당하고 남이 하면 용서할 수 없다는 식의 논리 아닌 논점도 있다. 세상의 흐름 또한 늘 성공하고 승리한 입장에서의 선과 정의가 떠받들어지기도 한다.

결국 뜻을 이루지 못했거나, 선택을 수정하거나 돌이킬 수도 없게 되었을 경우 받게 되는 단죄는 가혹하기 그지없다.

물론 성공 여부에 대한 거론이 아니다. 지나고 보니 어느 것이 합당하고 올바른가는 큰 틀에서 대략 알 수는 있게 마련이다. 대체로 주류가 선택한 쪽에서의 판단이라 할 수 있다. 그러나 인간의 성향은 그저 단순하고 무지막지하고 가차 없다. 오직 한 번의 기회밖에는 없다는 듯이 돌이킬 수 없을 정도로 그 모든 것들을 제거하거나 빼앗아 갈 뿐이다.

이것은 다시 예전의 일을 돌이켜보자는 뜻이 아니다. 그것을 후회하거나 변명하겠다는 것도 아니다. 다만 누구도 수습할 수 없는 인간의 집단성, 집단 지성의 한계와 더불어 수반되는 폭력성과 무자비함의 새삼스러운 확인에 대한 것이다.

결국은 이런 결정적인 한계와 무력성은 인간 사회의 갈등을 유발하고 대립이 사라지지 않게 하는 근원일 뿐이지만, 어느 부분이라도 인간이 이를 해결하기는 어려울 것이라는 생각은 든다. 인간이란 고작 그런 존재라는 사실을 그간에 확인한 것이 아니던가! 이런 정도의 그릇과 지성으로 존재하는 것에 불과하니 결국 결정적인 것은 피해 가고 문제를 일으키지 않으려는 다짐과 인식이 요구되는 것이리라.

아무튼 격정과 풍랑의 20대 중·후반기를 보낸 아버지는 상처뿐인 삶과 두려움이 엄습할 미래만 남겨졌을 뿐이다.

얼마나 기가 막히고 막막하였을 것인가? 남겨진 인생 여정, 아니 앞으로 창창한 자신의 인생뿐 아니라 가족들, 특히 젊은 아내와 늙은 부모님, 어린 형제들을 생각하면….

당신의 삶에 겹겹이 더해지는 무게가 어떠했을까?

어깨로 등으로 몰려드는 물리적인 짐뿐 아니라 태생적으로 져야 하는 책임과 의무의 짐까지 젊은 청년에게는 희망의 비중을 덜어내는 가혹한 징벌이었을 것이다.

　일순간에 멈추어선 생활의 흐름은 새로운 방식을 통해 생존을 염려하고 걱정해야 할 운명으로 전환된 셈이다. 이런 처지에서 불과 20대 후반의 젊은이가 할 수 있는 일이란 무엇이었을까? 단정하기는 어렵지만 다시 시작하는 마음으로 세상을 대하는 수밖에는 다른 도리가 없었을 것이다.
　한번 꺾였다 하여 모든 게 끝나는 것은 아닐 테지만, 젊은 시기의 큰 좌절은 오히려 경험이 부족한 만큼 힘에 부치게 마련이다. 그런데다 주어진 환경이란 것이 예전 같지 않았다. 운신이 부자연스럽고 제약이 뒤따랐다. 주위의 눈총도 의식할 수밖에 없었을 테고, 남 말하기 좋아하는 사람들은 함부로 자신의 수준을 드러내며 입방아를 찧어댔을 것이다.
　그 이후의 삶이 힘겨웠을 것은 자명하다. 자신의 심정을 다스리기도 수월하지 않은 데다 주위의 압박까지 의식해야 하는 삶을 살아야 했을 것이며, 따라서 당신의 뜻과 희망을 스스로 펼치기에는 장애가 있었고, 능력과 의지로 살아가기에는 여러모로 제약이 뒤따랐다. 당시의 사회가 시대적인 한계까지 안고 있었으니 인간의 욕구와 기대를 달성하는 생애를 살아가기에는 어차피 역부족이었다.

　나의 이런 생각은 자식으로서 일방적인 이해이고 판단일 수도 있고, 감히 잘 알지도 못하면서 아버지의 생애를 불경하게 단정하는 것일 수도 있다. 그러나 나는 아버지를 바라보며 맞든 틀리든 상관없이 이런 생각을 하고 있었다.

그럼에도 아버지는 의연하고 태연하게 무엇이든 받아들이고 대응하며 당신에게 주어진 삶을 피하지 않고 나아가셨다. 부족하거나 채워야만 벗어날 수 있는 감정적인 부분들은 자식들이 대신해야 할 몫이라고 생각할 수도 있었겠지만, 이런 부분에 대해선 따로 언급하거나 강조하신 일도 없었다.

그러니 아버지는 당신에게 주어진 삶의 무게를 오롯이 혼자 견디시며 당신에게 주어진 운명과도 같은 삶을 사셨다고 할 수 있다.

최고의 선은 물과 같다. 물은 만물을 이롭게 하면서도 다투지 않으며,
뭇사람들이 싫어하는 낮은 곳에 처한다. 그러므로 물은 도와 가장 가깝다
上善若水 水善利萬物而不爭 處衆人之所惡 故幾於道

-노자, 《도덕경》 8장

나는 아버지에 대해 흐르는 물처럼 자신에게 불리하거나 어려운 일조차 피하지 않고 맞닥뜨리며 주어진 생을 받아들이신다고 생각하였다. 때로는 한없이 낮은 자리에서 아버지는 뒤로 물러서서 어쭙잖은 세상의 힘과 나서는 무리에게 자신의 높았던 이상이며 가치조차 내려놓고 자리를 양보하며 당신의 삶을 인정하셨다.

선뜻 이해하기 어려운 일이지만, 젊은 시절의 뜻과 이상이 순수하고 인간적이었던 만큼 세상의 가혹한 대응에 힘겨웠을 수 있고, 때론 반성과 후회의 마음도 있었을 것이며, 그것이 자신의 사상과 정신을 지배하는 높은 이념이었을망정, 이미 판은 결정되고 세상의 환경요인들에 의해 왜곡되어 처음의 방향과도 맞지 않았을 것이다.

스스로 내면에서 철저히 삭히고 수습할 일이라는 것과 변화하고 진보하는 새로운 세상의 가치를 기대해 봄으로써 처음에 마음먹은

기대를 대신할 수 있을 것으로 생각하기도 했을 법하다. 나아가 그 이후의 대가를 감당함으로써 대신하는 자신과의 타협이었으리라는 짐작도 해본다.

이렇게 인생의 강은 모든 것을 담고 아무렇지 않은 듯이 흐른다. 그리고 늘 그 자리에서 마르지 않고 어떤 것에도 흔들리지 않고 천 년을 두고 흐르고 있는 것이다.

사람들은 실재(實在)하는 강(江)에 기대거나 의지하여 자신의 어려운 순간이나 견딜 수 없는 일을 극복하고자 하는가 보다. 그래서 때로는 '혼이 유빙처럼 떠가는' 강을, '살차게 뒤척이는 기다란 강을 따라갔다 돌아오기' (문태준, 〈강을 따라갔다 돌아왔다〉, ≪먼곳≫) 도 한다고 하니, 아버지도 문태준이 단정하며 묻고 있듯이 강을 따라갔다가 돌아서기도 하였을까?

그리고,

인생의 어깃장에 대해 저미는 애간장에 대해
빠개질 것 같은 머리에 대해 치사함에 대해
(중략)
차라리 강에 가서 말하라

-황인숙, 〈강〉, ≪자명한 산책≫

황인숙은 이처럼 '당신이 직접 강에 가서 말하라.'고 강변(强辯)하기까지 하였는데, 나의 아버지는 어떠셨을까?

황인숙 시인처럼 '당신의 강'에 가서 당신의 기구하게 꼬인 인생에 대해 토로하시기나 하셨을까? 모를 일이다.

사람의 삶이 때론 강처럼 구부러지고 갈라지며 흐르는 것을 실제

보고 겪은 사람이라면, '눈시울이 벌겋게 익도록 울었던' 사람이라면, 우리는 강에 가서 자신의 곤란한 처지를 말하면서도, 결국 강(江)은 보듬고 다독이는 포근함으로 다시 자신의 길을 되찾아 가도록 권유하게 될 것이다.

문태준은 '이곳에서의 일생(一生)은 강을 따라갔다 돌아오는 일'이라고 하였다.

> 꿈속 마당에 튼 꽃나무가 붉더니 꽃나무는 사라지고
> 꿈은 벗어놓은 흐물흐물한 식은 허물이 되어 버린
> (하략)

고달픈(?) 인간의 생애를 누구랄 것도 없이 단정하며 언급하면서 다음과 같이 마무리하고 있다.

> 강을 따라갔다 돌아왔다
> 강을 따라갔다 돌아와 강과 헤어지는 나를 바라보았다
> 돌담을 둘렀으나 유량과 흐름을 지닌 집으로 돌아왔다
> 돌담을 둘렀으나 유량과 흐름을 지닌 무덤으로 돌아왔다

> -문태준, 〈강을 따라 돌아왔다〉, ≪먼곳≫

아버지의 강은 표현되지 않은 수많은 이야기를 담고 흘렀다. 아직 있어야 할 곳에. 그리고 아직 남겨진 숱한 책임들에 대해 자신을 초월하는 역할을 다하려는 의지를 담고 흘렀다.

그리고, 서정주가 노래한 강은 한때 꽁꽁 얼어붙어 모든 것을 묶어

놓았더라도 결국 "무엇하러 또 풀리는가/ 우리들의 무슨 설움 무슨 기쁨 때문에/ 강물은 또 풀리는가"라고 푸념하듯 말하지만, "기러기 같이/ 서리 묻은 섣달의 기러기 같이/ 하늘의 얼음짱 가슴으로 깨치며/ 내 한평생을 울고 가려 했더니// 무어라 강물은 다시 풀리어/ 이 햇빛 이 물결을 내게 주는가"(서정주, 〈풀리는 한강가에서〉, ≪푸르른 날≫)라고 자연의 생명력을 주목하며 삶의 원천을 자극하듯 노래한다. 이같은 서정주의 절창(絶唱)대로 강물은 인간의 삶의 굴곡과 궤적을 이어가는 듯 흐르며, 사람들에게 이를 배우고 터득하도록 한다. 강은, 강물은 인간을 살아가게 하는 자연의 생명력을 상징하고 있다. 따라서 인간의 강은 설움이든 기쁨이든 모두 끌어안고 수많은 계절을 견디며 무한히 존재하며 흐르게 되는 것이다.

분노와 슬픔은 더 이상 필요치 않다. 아버지의 강은 언제나처럼 많은 것을 품고 흐른다. 이미 먼 곳으로 흘러 가버렸어도, 여전히 젊고 푸른 물결은 한결같이 세상과 시간을 초월하여 흐르고 있는 가운데, 아버지의 강은 세월을 견디며 세월과 함께 세상의 많은 이야기와 사물의 존재를 담으면서 한세월을 흐르고 흘렀다. 덕분에 그 강은 언제나 세상의 중요한 존재로서 사람들의 기억 속에서처럼 실존하듯 남아 살아 있게 되었다.

버릇처럼 눈물이 많은 큰아들은 서글퍼 울 뿐이지만 아버지는, 아버지의 강은 스스로 아무렇지 않게 그 자체로서 존재하며 흐른다. 고작 제어하지 못하는 어설픈 감정으로 대신할 것도 아니고 거창한 위압으로 주변을 긴장시킬 일도 아니다.

아버지의 강은 이미 나의 내면으로 옮겨와 흐르는 듯하다. 언제라도 생명을 얻어 살아날 듯, 이 강은 우리의 눈에서뿐 아니라 마음속에서도 흐르고 있다.

젊은 아버지의 초상

1

아버지의 사진들을 보며 아버지와 관련된 지난 시절을 떠올려 본다. 세월 탓에 색이 바랬지만, 아주 젊은 시절의 명함판 인물사진부터 단체로 찍은 사진들, 그리고 다양한 상황에서 그때를 기록하기위해 찍었을 사진들은 누구에게나 그렇듯, 추억할 수 있는 많은 생각들을 떠올리게 한다.

나는 아버지의 사진들이 정리된 사진첩(Album)을 가지고 있고, 그사진들을 보아왔다. 사진첩에는 사진이 귀하던 시절인 오랜 과거의사진, 즉 아버지의 어린 시절의, 그리고 젊은 시절의 사진도 어느 정도는 보관되어 있으며, 그래서 아버지의 사진을 통해 그 당시의 일들을 떠올려 볼 수 있는 근거가 되는 셈이라 할 수 있다.

다만 아버지를 추억하고 되새기려 하니 사진이어도 그것은 이미지(image)이고 순간의 모습이며, 그 사진 속의 스토리(story)가엄연하여도 나는 그것에 대해 자세히는 알 수 없으니, 그저 더듬는수준으로 그리고 나의 일방적인 생각으로 떠올려 보는 수밖에 없는 것이다.

'초상(肖像)'이라는 단어의 의미는 누군가의 얼굴이나 모습을 시각화한 것을 의미한다. 물론 사진은 거의 실사(實寫)이기 때문에 사람의 모습을 실제와 거의 유사하게 재현할 수 있지만, 초상은 사진이라기보다 그림에 가까운 것이니, 그대로의 재현을 의도하기보다 엇비슷하게 실제에 다다르려는 시도에 가깝다고 할 수 있다.

　그래서 아버지의 사진을 보면서 나는 '사진'이라는 의미보다는 '초상'이라는 뜻을 떠올리면서 아버지의 생애 중 어떤 부분들을 기억해 보고자 하였다.

　인간의 생애는 꽤 긴 시간으로 이루어져 수많은 것들을 담아내고 있다. 그러나 그 긴 시간은 짧은 길이의 작은 시간을 모으고 이어서 만들어진 것이다.

　시간은 순간을 포함하기도 하고 어느 정도 길이가 있는 연속된 삶의 흔적을 담기도 한다. 이는 곧 인간의 '역정(歷程)'인 것이다.

　그러하니 사진은 그러한 역정의 부분들이거나 어떤 단락의 순간이기도 하다. 한편 어느 장소를 의미하기도 한다.

　시간이 무형이고 흘러가는 것이라면 장소는 그를 머물도록 하는 틀(frame)의 의미를 내포하기도 하니, 시간은 곧 장소와 연결하여 생각해 볼 수도 있을 것이다. 그래서 어느 순간은 장소와 짝을 지어, 흐르는 바람과도 같은 순간들을 장소를 통하여 동시에 떠올려지거나 살아 있는 기억으로 만들 수가 있다.

　이런 맥락에서 소설가들이 '~~의 초상' 하는 식의 제목으로 작품을 완성하고자 할 때는 이런 식의 과정이거나 상황적인 부분을 담고자 하였다는 것을 떠올릴 수 있다. 우리가 아는 작가인 이문열의 〈젊은 날의 초상〉이나, 많이 비슷한 제목이지만 제임스 조이스의 〈젊은 예술가의 초상〉 등에서 이런 의도를 찾아낼 수 있다.

그렇다면 나의 〈아버지의 초상〉도, 다만 아버지의 사진 몇 장을 들여다보면서 사진 속의 이야기를 탐구하는 중에 느끼고 알게 되는 것이지만, 나의 마음을 통하여 아버지의 '삶의 역정'을 재구성해볼 수도 있을 것이라는 생각을 해본다.

2.

　아버지는 정미(貞美)공립국민학교(예전에는 공립보통학교 그리고 심상(尋常)소학교라고 했다가 바뀌었다)를 졸업한 후, 1942년 3월 대전사범학교에 입학하였다. 17세 때였다. 대전사범학교의 강습(講習) 과정이었는데, 졸업 후에는 국민학교의 교원[정식 명칭은 훈도(訓導)였다]이 되는 것이었다.

　당시 일제는 한참 태평양전쟁을 치를 때였고, 초기에 미국 하와이 진주만을 기습공격하며 선전포고도 없이 미국을 도발하며 기세등등했으나, 이는 일본으로서는 패착 중의 패착이었다. 결국은 미국이 본격적으로 2차 세계대전에 개입하게 하는 계기를 만들었고, 미국은 아시아지역을 대부분 장악한 일본과 직접 상대하기 시작하였다. 시간이 흐를수록 일본은 불리해질 수밖에 없었으며, 우리나라도 임시정부를 중심으로 독립의 의지를 키워가던 때였다.
　일본의 입지가 불리해질수록 식민 지배를 받는 우리의 처지 역시 그 영향을 받을 수밖에 없었다. 아무튼 이런 상황에서 사범학교에 입학하게 된 것은 다행스러운 일이었다. 일본을 위해 싸워야 하는 일본 군대에 강제로 징집당할 수도 있는 상황이었지만, 그럴 염려 없이 학비 지원을 받아 공부하고 졸업하면 교원으로 근무하게 되었

정미공립국민학교 졸업사진(15회, 1942년) 맨 뒷줄 왼쪽으로부터 4번째

으니 한편으로 매우 잘된 일이라고 할 수 있었다. 당시의 뜻있는 젊은이들이 독립을 위해 독립운동을 할 수도 있고, 제국주의에 저항하는 다른 방식도 있었으나, 교육을 통해 이 민족의 미래를 위한 동량(棟梁)을 길러내는 일도 애국하는 중요한 방법의 하나였다.

아버지는 보통학교일지라도 요즘처럼 여덟 살이면 입학하는 식으로 학교에 다니지는 않은 듯하다. 호적에 등록된 나이가 늦은 탓도 있지만 두어 살은 더 나이가 든 상태에서 학교에 입학하였던 것 같고, 그것은 당시의 경제적인 형편 탓도 있었을 것이다.

당시는 보통학교에 들어가는 것조차 힘겨울 만큼 매우 어려운 시절이었다. 아버지의 경우에만 해당하는 사실이 아니라 대부분이 그런 처지였다고 하겠다.

아버지는 어쨌든 성적이 우수한 학생이었다. 지금도 내가 보관하고 있는 증서에 의하면 아버지는 4학년부터 6학년까지 3년 동안 충청남도지사 상(賞)을 받았다고 기록되어 있다. 시골의 작은 학교 학생이 도지사가 주는 상을 받는 일이 쉬운 일은 아니었을 것이다.

그러니 인근 마을을 포함하여 동네 사람들에게 선망과 칭찬을 받았을 법하다. 이런 사실은 고모와 숙부들이 전하는 말이기도 하고, 실제로 예전에 아버지 고향에 찾아가서 아버지를 기억하는 마을 어르신을 만났을 때도 들었던 이야기이기도 했다.

1944년 3월, 아버지는 사범학교를 졸업한 후 '근흥(近興)공립국민학교' 교원이 되었다. 첫 직장이었다. 충남 태안군 근흥면 소재지에 있는 학교인데, 그곳에서 2년 가까이 근무하신 듯하다. 그때의 증서들을 지금 내가 가지고 있다. 부임 첫해인 1944년(소화 19년) 3월 31일자, 근흥공립국민학교 교원으로 촉탁된 증서와, 다음 해인

대전사범학교 시절 사진-앞줄 오른쪽(앉은 사람) 첫 번째

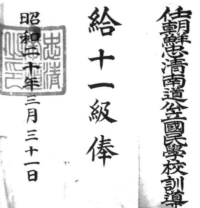

근흥공립국민학교 교원위촉장(왼쪽),공립국민학교 훈도임명장(오른쪽)

1945년(소화 20년) 3월 31일자, 급호와 급여가 기록된 훈도(訓導)로 임명된 사실이 기록된 증서이다.

이런 내용에 대해 아버지나 어머니로부터 직접 듣지는 못했다. 어른들과 대화를 통해서 자연스럽게 과거의 이야기를 들을 수도 있었을 텐데, 나에게 그런 기회는 없었다. 그 이후로 아버지는 당시 부모님(할아버지와 할머니)이 동생들과 함께 살고 계시던 당진군 신평면에서 가까운, 우강면에 있는 '우강국민학교'로 전근하신 듯하다. 이미 우리나라가 해방되었을 때였고, 집에서 출퇴근하며 우강국민학교에 다니셨던 것 같다.

집안 어른들의 주선으로 어머니와 중매결혼을 하신 것도 '우강국민학교' 시절이었다. 두 분은 1948년 11월 12일(음력)에 결혼하셨다. 어머니는 당진군과 이웃하는 예산군 삽교면에 사셨고, 성주이씨의 꽤 부유한 집안 출신이었다. 외할머니는 경주 김씨로, 추사 김정희 선생의 증손녀 되시는 분이었다.

그때는 언제였던가? 우리나라는 일제의 식민 지배에서 해방되어 희망에 차 있었지만, 그전에는 경험하지 못하였던 근대화된 개념의 국가, 그것도 막 독립된 신생 국가에서 새로운 미래를 꿈꾸면서도, 한편으론 혼란과 갈등 속에서 미래를 도모하려는 역동적인 기운이 싹트고 있던 때였다.

그러나 새로운 나라 대한민국은 그 바탕이나 내적인 역량을 미처 갖추지도 못한 상태였다.

새로운 서구문명을 수용하거나 세계열강의 위협에 맞설 능력을 갖추기는커녕, 준비조차 하지 못하여 이미 강대국이 된 일본에 의해

우강공립국민학교 재직시절(1947년, 2회 졸업식 기념사진), 앞줄 오른쪽 첫 번째

신평공립국민학교 재직시절(1948년, 동료 교사들과 함께) 뒷줄 오른쪽 첫 번째

35년간 치욕스런 지배를 받았고, 다른 나라의 힘으로 독립국가가 된 우리는 국가체제나 국가운영능력 등 모든 면에서 미흡하고 불안정하였다. 그러하니 나라는 역동적이라기보다는 무언가 불안한 기류가 들끓는 상태였고, 저마다의 욕망을 채우기 위해 사분오열하며 기회를 엿보는 무리들로 넘쳐나던 시기였다.

아, 어쩌겠는가!

인간의 속내나 정신은 그다지 깊고 넓은 것이 아닌 듯하다. 진정한 뜻과 이상을 꿈꾸고 기대하여 자신의 역할을 연구하고 준비하는 사람들도 있었지만, 기회주의적인 발상으로 욕구 충족에 혈안이 되어 있는 무리도 많았다.

우리가 알고 기억하는 그 당시의 사회 동향이나 역사적 사실들을 돌아보면 답답하기 그지없다. 중구난방(衆口難防)의 혼란 속에서 사람들을 하나의 뜻과 정신으로 모아 커다란 역량을 발휘할 수 있도록 이끌어가는 국가적, 민족적 지도력을 갖추지도 못한 상태였다. 그런 시절이니 누구라도 제 목소리를 내며 자신을 위해 자신에게 유리한 방향으로만 나아가고자 하였을 것이다.

이런 시절일수록 대개는 젊은 사람들이 희생되기 십상이다. 아직은 성장 중인 상태에서 능력도 제한적이고, 제대로 뜻을 펴기에는 준비도 미흡하기에 조건은 매우 불리한 것이다.

그러면서도 눈에 들어오는 모든 것들은 성에 차지 못할 뿐 아니라 불편하고 부족해 보이기만 한다. 그런 데다 당연히 이루어져야 마땅할 것들조차 이해관계에 얽혀 전혀 이상한 방향으로 풀려나가기도 하니, 주변에서 일어나고 드러나는 많은 것들에 대해 불안하고 불만일 수밖에 없었을 것이다.

(이런 생각들은 현재 나의 관점에서 주관적으로 피력하는 것으로

신평공립국민학교 23회 졸업 기념사진(1948년) 앞줄 오른쪽에서 5번째

객관적인 기준이나 확실한 근거에 입각한 내용은 아니다. 그저 그렇게 생각해보고 추론해 보는 것이다.)

아버지는 이런 상황에서 계속 학교생활을 이어가고 있었다. 나는 집안에 남아 있는 몇 장의 사진들을 통해 생각이나 기억을 짜 맞추며 당시 아버지의 삶과 생활을 재구성해보는 것이다.

우리나라는 1948년 8월 15일 남한만의 정부를 수립하였다. 그 이전에 남과 북으로 나뉘는 것을 반대한 김구, 김규식 선생 등이 북쪽으로 가서 김일성과 협상을 하였지만, 이미 제대로 회담의 성과가 나올 수도 없었다. (여기에 대해서 당시에는 자세히 알 수 없었지만, 나중에야 역사 기록으로 그 당시의 상황에 대해 명확히 알 수 있었다. 그러니 당시 그들의 노력은 안타깝다고 할 수밖에 없다.)

1950년 6월 25일, 한국전쟁이 발발하였다.

해방된 지 5년밖에 지나지 않았을 때였다. 소련의 지원을 받는 북한의 김일성은 민족상잔의 뼈아픈 상처가 될 전쟁을 일으키며 나라를 공산주의 국가로 만들려고 하였다. 아무튼 전쟁은 나라와 국민에게 크나큰 시련과 아픔을 안겨주었다.

나의 누이는(내가 태어나기 전에 생존하였고, 부모님의 첫 딸이었다) 전쟁 중에 세상을 떠났다. 당시 돌을 막 지난, 두세 살에 불과한 나이에, 어머니가 난리를 피해 예산 친정에 가 있던 중에 돌림병의 일종인 홍역으로 세상을 떠났다고 한다. 전쟁의 직접적인 피해는 아닐지언정, 그 영향에 의한 것임은 분명하다. 아버지는 아버지대로 남다른 고초를 겪는 일이 발생하였고, 이렇게 한국전쟁(6.25 전쟁)을 전후로 하여 아버지의 인생행로에 다른 행보가 시작된 셈이었다.

일이 벌어지는 것은 지나고 보면 순식간이다. 짧은 시간 동안 뜻하

신평공립국민학교 재직시절(1950년, 동료 교사들과 함께) 뒷줄 왼쪽에서 두 번째

지 않게 발생한 일로 인하여 큰 줄기의 방향들이 바뀌기도 한다. 이 일로 이전까지 진행해오던 일들은 이미 전혀 상관없는 일처럼 사라지거나 거리가 생기게 되는 것이다.

그리고 아버지는 무슨 일인지 늦은 나이로 군(軍)에 입대하게 되었고, 꽤 긴 기간 동안 군 복무를 하신 듯하다. 그 이후엔 학교를 떠나 새로운 생업에 종사하였고, 그러면서 세월은 흐르게 된다.

인생의 행로(行路)가 이런 것인가?

마음껏 드러낼 수도 없는 사연들을 간직하고 한편으로 상처와 분노, 인내와 후회, 변명과 성찰 등을 곱씹으며 살아가게 되어야 하는, 더 이상 새롭고 높은 꿈은 꾸는 것조차 불가하고, 그저 묵묵히 그리고 막연히 주어지는 일에 매달리며 부여된 시간을 살아가는 것이어야 하는가?

나는 더 많은 것을 알고자 하지 않았다. 그저 서글프고 안타까웠지만, 더 이상 이것은 내가 다가가거나 궁금해야 할 문제는 아니라고 생각하였다. 깊은 사연과 관련하여 그것을 앎으로써 관련될 사안(事案)들을 나는 오히려 피하거나 두려워하였다.

다만 나는 아버지에 대해 슬퍼하였을 뿐이고, 불경스럽지만 연민을 많이 느꼈으며, 그래서 막연히 세상에 대해 화가 나기도 하였다. 그렇다 보니 관련된 이야기의 퍼즐(puzzle)을 맞추려 하지도 않았으나, 그렇게 하려고 하는 데 대해 스스로 두려움을 갖기도 하였다.

무언가를 더 알게 된다는 사실에 대한 두려움이거나 그로 인해 내면에서 추가로 느끼거나 일어날 마음의 동요(動搖)를 염려했던 것 같다. 그래서 어떤 기록조차 쓰거나 남기고 싶지 않았다.

그러나 나는 지금 이렇게 쓰고 있다. 이야기의 구조가 매우 불확

신평공립국민학교(공민학교 1회, 1950년 5월 31일) 졸업사진 뒷줄 왼쪽 첫 번째

실하고 이치에 맞지 않을 만큼 조리에 있어서 허점과 부족함이 많이 드러나지만, 나는 다만 나에게 허용된 한계 내에서 불확실성과 허점과 부족함을 채우면서 자신을 달랠 뿐이다.

이미 아버지는 이 세상에 계시지도 않고, 누구라도 알 수 있을 만큼 대중적이거나 유명한 분도 아니다. 그저 이름 없이 살다 간 보통 사람들 가운데 한 명일 뿐이니, 누구의 관심도 끌지 못할 뿐 아니라, 알 수도 없는 인물이기 때문이다.

그러나 나는 내가 존경하고 사랑한 아버지이기에, 이미 무지막지(無知莫知)한 나와의 관련성을 내세우며 소통의 대상으로서 이렇게 글을 정리해 보는 것이다.

나의 아버지, 젊었던 나의 아버지의 초상을 그려본다.

나의 제한된 지식과 섣부른 재능, 그로 인해 빈약한 구성의 스토리텔링(story telling)이 되었으나, 아버지 개인의 미완의(?) 드라마는 누구에게도 주목받지 못하고 인지조차 되지 못했지만, 나는 이런 모습을 기억하고 오래 남기고자 애쓰며, 어설프고 미련한 노력으로나마 나의 아버지의 초상을 정리해 보고자 하였다.

누군가는 대단하게 사회와 역사에 영향을 미치며 살다 갔다. 누군가는 특히 선하게 긍정적으로 큰 성과를 내고 조직과 사회의 변화와 발전에 이바지하기도 하였다. 또 누군가는 타인들의 선망과 질투를 받으며 세속적인 성취와 물적 만족, 정신적 소유물을 누리다가 가기도 하였다. 그러나 대부분은 이 땅에 와서 살다 간 흔적조차 제대로 남기지 못한 채 생애를 마감하기도 한다.

그렇다면 삶의 의미란 무엇일까? 우리는 왜 이곳에 와서 살다가 가

30대 초반 무렵의 사진

는 것인가? 이렇게 인간에 부여된 차별은 과연 온당한 것인가? 신의 뜻이거나 아니면 또 다른 이유와 판단의 기준이 있는 것인가?

손쉬운 발상이지만, 옹졸하고 속된 기준과 마음으로 생각해 본다. 그러면서 옳고 그름과 상관없이 아버지를 돌이켜 생각해 보는 것이다. 더욱 멋지고, 큰 틀에서의 판단으로 아버지를 바라볼 수 없는 나의 무능력함을 반성할지라도, 나는 지금 애절한 마음으로 아버지를 그리워하는 것으로 나 자신을 달래려 한다. 그리고 선량하고 정직하게 바른 삶을 도모하셨을 나의 아버지의 젊은 날의 초상이 나의 기억 속에서나마 살아 빛나기를 원한다.

2014년 6월초, 제6회 지방선거에서 아버지의 막내아들이 인천 서구에서 구청장에 당선되었다. 그는 구청장 업무를 시작한 지 1년이 지난 2015년 8월 어느 공휴일에 아버지 어머니를 자신이 근무하는 직장(구청)으로 초대하고, 자신의 방에서 함께 사진을 찍었다. 막내아들은 연로한 노부모님께 자신이 일하는 직장과 자신의 근무 환경을 보여주고 싶었을 것이다. 아버지는 91세, 어머니는 88세였다. 아버지는 그로부터 2년 뒤인 2017년 9월에 세상을 떠나셨다. 아버지는 막내아들의 일을 그나마 다행이라 여기셨을 것이다. 평생을 고단하게 사셨어도, 지나칠 정도로 바르고 정직하게 살고자 하셨던, 그래서 남들에게는 요령 없고, 융통성 없다는 소리를 들으며 손해 보는 듯이 생애를 살았던 아버지는 그래도 자신을 많이 닮은 막내아들이 국가 공무원이 되어 나라와 타인들을 위해 열심히 일하기를 당부하면서 다소는 당신의 헛헛한 심정을 달래실 수 있었을 것으로 상상해 본다. 생애가 그러하다. 크고 작은 다양한 스토리들이 뒤섞여 자신의 생애를 채우고 있으되, 시작이 있으니 끝도 있는 것이다. 그것들의 의미가 무엇이었든지 간에 그 생애 안에서 매듭지어지는 것이고, 그것으로 막은 내리게 되어있다. 그리고 나머지의 여운은 남겨진 사람들의 몫이 될 수 있을 것이다.

아버지의 편지

　몇 년 전, 아버지가 돌아가신 지 얼마 지나지 않은 때였다. 어머니가 내게 읽어보라며 아버지가 어머니에게 보낸 편지를 몇 통 주셨다. 컴퓨터로 작성하여 출력한 3통의 편지였다.

　아버지는 생전(生前)에 컴퓨터의 문서작성 프로그램으로 몇 권의 책을 저술하여 출판하셨고, 이 외에도 출판은 하지 못했지만, 여러 권에 해당할(그래서 방대한 분량의) 원고를 쓰시고 출판할 수 있는 원고 상태로 남겨 두신 바가 있다. 이처럼 아버지는 평소에 컴퓨터로 문서작성을 하셨다.

　편지는 컴퓨터로 작성하여 출력한 다음 그것을 접어서 편지 봉투에 넣어 어머니께 전하셨던 것 같다. 어머니가 주신 편지는 접힌 흔적이 있고 봉투는 없는 편지 내용물뿐이었는데, 여러 통의 편지 중에서 3통을 골라서 내게 전해 주신 것 같았다. 3통의 편지는 모두 부모님의 결혼기념일[무자(戊子)년 1948년(陰) 11월 12일이다]에 쓴 편지였다. 편지를 보니 아버지는 매년 결혼기념일마다 어머니에게 편지를 쓰셨다는 것을 알 수 있었다.

　나에게 읽어보라고 건네주신 편지는 각각 2010년, 2014년, 2015년에 쓴 편지였다. 나는 오래전에 두 분께서 결혼하신 날짜를 듣고 그것을 수첩에 메모해 두고 있었기에 그날을 기억은 하고 있었지만,

자식으로서 그날을 챙기거나 아는 체하지는 않았다.

가끔 어머니께서 나의 결혼기념일을 기억하시고는 내 아내와 식사라도 하라시며 얼마의 돈을 주시곤 했던 일이 있었기에 나 역시도 그 답례(?)로 충분히 아는 체할 수도 있었으나, 생각해 보니 한 번도 그렇게 해보진 못했던 것 같다. 그런데 아버지는 이렇게 결혼기념일이면 편지를 써서 어머니께 드리고 두 분이 함께 외식도 하며 기념일을 챙기셨던 걸로 보인다. 언제부터 그렇게 하셨는지는 모르나 꽤 오래전부터 행하신 일인 듯하였다.

어쨌건 자식이라 해도 어머니가 아버지에게서 받은 프라이버시(privacy)에 해당하는 편지를 과감히(?) 읽어보라고 자식인 내게 전해 주신 의도는 다름 아니라 아버지의 마음을 알게 하거나 확인시키시려는 의도라는 생각이 들었다. 이미 돌아가셨지만, 여전히 아버지가 자식들에게 제대로 당신의 속마음이나, 아니면 평소에라도 할 수 있었을 말들을 하지 못했거나, 반대로 자식들이 혹시라도 아버지에 대해 서운하거나 불만이 남아 있기라도 한 것은 아닐지 염려하는 마음으로 어머니는 자식에 대한 아버지의 생각을 알게 하고 싶으셨던 것이 아닌가 하는 생각이 들었다.

당신들이 낳고 키운 자식들이라도 그 속을 알 수가 없으니 혹시 하는 마음도 있었을 것이다. 당신들께서 자식들을 키울 때 마음껏 해주지 못한 데 대한 미안한 마음을 자주 토로하시곤 했는데, 이런 생각에 여전히 매달리시는 것은 아닐까 하는 생각이 스쳤기 때문에 이렇게 짐작해 보았다.

아무튼 나는 어머니의 뜻을 직접 대 놓고 묻거나 확인하지는 않았고, 아버지의 편지를 읽어보라고 주시니, 어떤 의도인지에 대해서는 내 생각대로 이해하면서 그 편지들을 읽어보았다.

그 편지들의 내용은 아버지가 평소에 어머니에게 하셨을 표현이라고 생각하기에는 무척 낯설다고 해야 할 만치 달달하면서도 깊은 생각과 의미를 담고 있었다.

아버지 편지는 "세군(細君) 당신에게" 또는 "사랑하는 당신에게"로 시작하고 있다.

이런 어투는 평소에 느끼던 아버지의 모습과는 달리 그 표현이 매우 세련되고 거침없다는 생각이 들어 놀라면서도 감동스러웠다. 아버지 어머니는 당시의 풍습처럼 사전엔 만난 적도 없이 결혼하면서 처음 상면(相面)하신 것 같다. 편지들의 시작은 모두 부모님들이 정해주시어 24세, 21세에 만나 결혼하게 된 당시의 상황을 공통으로 적고 있는데, 이렇게 시작한 결혼 생활이 63년을 넘어서고, 67년, 68년이 되어 감을 알 수 있었다.

그런 기나긴 세월 동안 함께하면서 그간에 두 분에게 닥쳤을 온갖 어렵고 힘들었던 일들을 떠올린다면 아무리 지금에야 다소 편안하고 안심할 형편이라 해도 기가 막히고 고통스러웠던 일들이 부지기수였을 것이다.

"우리가 만나서 꾸던 꿈은 허공에 고층 누각을 설계하며 화려했었고, 가야 할 인생길은 탄탄대로인 줄만 알았었는데, 우리의 앞길은 그리도 험한 가시밭길이었고, 그런가 하면 그리도 길고 긴 어두운 터널 속을 지나야만 했으며, 이를 지나면 이제는 앞이 트이나 했더니 그대로 가파른 수목이 울창한 산을 넘어야 하였으니, 이를 가까스로 넘으니 기진맥진한 상태로 다시 넓고도 깊은 물길을 건너야만 하였소. 희망봉은 보일 듯 말 듯 아득한데 이미 힘은 소진(消盡)하였고 늙어 버렸으니, 이것이 인생길인가 보오이다."

얼마나 안타깝고 절망적인가.
표현의 서사(敍事)가 눈앞에 그려지는 듯하니, 나는 마음이 격해지고 목이 메는 심정이 된다. 아버지의 사연은 다시 이어진다.

"이승에 태어난 인간들이 이 세상을 사는 것은 다 같을지라도 출발점과 출발한 때가 다르며, 방향까지 다 다르다 보니, 인생길의 어려움에도 차이가 생기면서 사람들이 역진(力盡)한 나머지, 지극히 어려운 길을 지나온 자(者)들은 팔자(八字)니 운명(運命)이니 하며 탓하기도 합니다. 그러나 우리는 걸어온 길이 어려운 길이었으나 실수하지 않고 참고 견디며, 끝까지 주저앉거나 낙오(落伍)하지 않고, 속도는 느리었는지 몰라도, 손을 잡고 걸어 모든 과정을 지나고 통과하여 승리를 거둔 동반자인 것입니다."

나는 당신들의 삶을 모두는 아니라 하여도 전혀 모르지는 않는다. 어느 부분은 알 수 있을 만치 공유하는 시기의 삶을 함께 살았기 때문이다. 그렇기에 아버지께서 애쓰며 노력하신, 고단하고 힘들었을 생애를 어느 정도는 느낄 수가 있는데, 이렇게 정리하고 받아들이시니 그 성찰과 수용의 수준에 놀랍기만 하다. 이어서 이렇게 쓰셨다.

"부처님, 하느님도 우리에게 높은 점수로 상(賞)을 주시어 아들딸 4남매를 점지해 주셨을 뿐 아니라 탈선하지 않고 잘 자랐고, 배우는 데 노력하였고, 어렵게 대학까지 다 마치고서도 부족한 학문을 더

닦으며, 제 뜻한 바를 이루려고 노력하는 그 마음 변치 않음과 부모에게 효도하고 위 조상(爲 祖上)하려 하는 마음 더해 감은 참으로 우리 집안의 앞날을 밝게 하는 듯합니다."

어머니는 이렇게 아버지가 지금까지의 당신 생애뿐 아니라, 지금에 이르러 맞이하게 된 것들조차 긍정적으로 받아들이면서, 당신들의 자식들에 대해서도 높이 평하면서 만족해하셨다는 사실을 우리에게 알리고 싶었다는 것을 느낄 수 있었다.

자라면서 그다지 자랑스러운 자식 노릇은 하지 못했고, 특별히 기쁘게 해드린 것도 별로 없이 자라온 터에 부끄럽고 미안한 마음이 큰 나로서는 송구하기 짝이 없는 평가라고 할 수 있었다.

그러나 아버지는 그 모두를 포용하며 오히려 앞날이 밝다고 하시니, 어머니로서도 아버지에게 받은 어머니 사신(私信)일지라도 이리 공개하여 자식들에게 알려주고 싶으셨던 것이라는 생각을 굳히게 하였다. 또 다른 편지에서 아버지는 더욱 구체적으로 상세하게 어머니에게 자식들, 즉 우리 이야기를 하고 계셨다.

"인간 사회에 끼치는 책임사(責任事)로서 자녀(子女)를 두어야 했지만, 좀 늦은 편이어서 몹시 걱정들을 했는데, 선세(先世)의 음덕(蔭德)으로, 천지신명(天地神明)이 보살피시어 3남 1녀를 생육할 수 있게 해 주셨으니, 큰아들은 대학에서 학생들을 가르치는 교수가 되었고, 딸은 부부가 성실하게 사회활동을 하고 있으며, 둘째 아들은 미국회사의 한국지사장으로, 막내인 셋째 아들은 인천시 서구의 구청장으로 역임 중이고, 4남매 모두 다 대학을 졸업하였고, 3형제는 자력(自力)으로 대학원의 석사과정과 박사과정을 다 졸업하여 석사, 박사가 되어 사회지도자 격(格)을 갖추었고, 막내아들은 정치가가 되겠다고 하더니, 국가 공무원으로서 현하(現下) 백성을 다스리는 목민관(牧民官) 격(格)이 되었으며, 자식이 늦었음을 걱정했는데, 오래 살다 보니 자식들이 장성하여 장년기를 넘어가고 있으며, 손자가 다섯에 손녀가 넷으로 모두 아홉인데, 이들이 모두 잘 자랐으니 대견할 뿐이외다!"

아버지는 이렇게 어머니에게 당신들의 자식들과 그들의 자식들인 손자와 손녀들을 떠올리며 그간의 힘들었거나 뜻대로 이루지 못해 안타까웠던 심정들을 달래듯, 지난날의 부족하고 아쉬워했던 것을 상쇄시킬 만한 부분들을 이런 식으로 찾아보는 것이라는 생각이 들었다.

그동안 함께한 세월이 짧지는 않아도 특별히 언급한 것들은 그래도 제한될 수도 있으니, 어떤 내용들은 반복적으로 나타나기도 한다. 그만큼 그 내용들은 중요하고 변함이 없는 사건과도 같을 터이기에 그럴 것이다.

아버지는 그간 세월이 참으로 빨랐고, 한 해 한 해 흐르는 시간도 그러하다는 것을 느끼면서도, 두 분이 처음 만나 백년가약(百年佳約)의 연(緣)을 맺게 된 때부터 한평생을 함께 살아오면서 느끼고 겪은 여러 일들을 돌아보며, 함께하면서 공유하고 있는 부분들에 대한 소회와 안타깝고 미안한 심정들, 그러나 이제는 극복하며 받아들이고 나아가 하늘의 뜻, 또는 운명의 뜻으로 여길 수밖에 없는 것들에 대한 정리와 수용의 마음을 담고 계셨다.

누군들 자신의 인생에서 허투루 살고자 하였을까!

뜻하였어도 그렇게 되지 못하고, 원하였어도 반대로 흐르고, 뜻밖의 일들이 생겨 장애가 되고 흐트러뜨리는 세상사의 매정함과 무자비함에 대해, 그래도 아직은 끝나지 않은 생애 동안의 기대에 대해 두루 떠올리면서 정리하고 계신 것이다. 평생을 부부로 살아왔다고 하나 각기 다른 존재인지라 반드시 같은 생각이라 할 수는 없을 것이다. 그러나 두 분에게는 이렇듯 많은 부분에서 남다른 삶의 공통된 궤적이 있고, 그 과정을 지나오면서 확인된 부분이 명확할 것으로 여겨진다. 또한 자식들인 우리 남매들과 우리의 자식들인 손자와 손녀들을 생각하면서 그간의 고통이나 서운함, 나아가 서러움까지도 상쇄할 수 있다는 생각에 이르는 듯하였다.

이렇게 아버지는 결코 짧다고 할 수 없는 당신의 생애 동안 살며 겪은 바들을 거르고 받아들이면서 더 이상 미련을 두지 않고 아쉬움도 괴로움도 다 털어내고자 하는 것이라는 생각을 갖게 하였다. 그러면서 오로지 남겨지는 자식들과 후손들 생각을 하면서 부족함이 많음에도 좋은 쪽으로만 생각하려 하면서 이것들을 인정하고 앞으로 더욱 나아지기를 원하는 심정을 토로하시며, 어머니에게 이런 점에 대한 동의를 구하는 의도를 전하고 계셨다.

"우리 손자와 손녀의 수는 많은 편은 아니나 얼마나 아름답게 잘 크고 있으며, 더욱이 배우려 노력하고 있는 것을 볼 때 그 싹이 진정으로 아름답습니다. 그렇지 않아요? 여기에 무엇을 더 바라겠습니까? 더 욕심을 낸다면 부처님도 하느님도 노(怒)하실 겁니다. 이제는 얼마 남지 않은 우리 인생길을 잘 끝마무리해야 하지 않겠나 싶습니다. 자식들을 위해, 후손들을 위해 말입니다."

어머니는 바로 이런 점을 알려주고 싶으셨던 것이리라. 나는 부모님이 주어진 조건에서 자식들에게 최선을 다하셨다고 생각한다. 그러나 당신들은 늘 원하는 만큼에는 미치지 못했다고 생각하시며 평생을 자식들에게 미안하게 여기며 사셨다는 것을 느낄 수 있었다.

이처럼 부모님들은 마지막 순간까지도 그 생각을 내려놓지 않으셨다고 생각하니 안타깝고 감사할 뿐이다. 그런 중에 어머니는 이런 아버지의 심정을 더 확실하게 알려주고 싶다고 생각하신 것이리라. 아버지가 너희들을 이렇게 아끼고 위하는 마음으로 사셨고, 그러하니 혹여라도 아버지에 대해서는 충분히 이해하고 그 뜻을 알아주었으면 한다는 무언의 바람이라 할 수 있을 것이다.

나는 이 편지들을 읽으면서 아버지가 어머니에게 평소에는 자주 전달하지 못하셨을 세심하고 자상한 면모를 잘 알 수 있었다.

한편으론 아버지의 그동안 생각들을 확인하는 소중한 기회를 얻은 셈이었다. 또한 어머니는 이런 식으로 당신의 평생의 반려자였던 아버지를 대신하여 아버지의 위치와 역할들을 자식들에게 알려주는 방법을 선택하여 은근하면서도 분명하게 집안의 계통과 위엄, 그리고 가족의 따뜻한 사랑의 의미를 확실하게 알려주고 가르치신 것을 깨달을 수 있었다.

아버지는 편지에서 이런 말씀도 하고 계셨다.

"우리는 너무도 큰 상을 받았소이다. 이 큰 보람을 위해서 앞으로 우리는 언어 행동도 참으로 삼가고 말도 아껴서 해야만 할 것이외다. 추호(秋毫)라도 우리의 보배, 아니 이 세상의 빛이 될 이것들에 감복(減福)이 될세라, 언행과 말을 삼가야만 하겠지요? 이제 얼마 남지 않은 여생(餘生), 하나도 둘도 하루를 무사히 넘는 데 각별히 마음을 쓸 것이외다!"

　아버지는 이렇게 행여라도 당신의 언행으로 자식들과 후손들, 당신이 보배롭다고 여기는 것에 부정한 기운이라도 다가설까, 그나마 주어진 복에 훼손이라도 될까 염려하며 경건하고 삼가는 마음으로 신중히 지내시겠다고 하시니 이런 어버이의 크나큰 마음을 자식들은 어찌 알 수 있었을까 싶다.

　아버지는 이렇게 93세를 사시는 날까지 지난 세월의 파란만장한 굴곡이나 거칠었던 환경과 조건들은 모두 접어 두면서, 당신에게 주어지고, 물론 그것들이 그저 주어지는 것은 아니었을 터이며, 당신의 힘겹고 성실한 수행으로 이룩한 것임에도, 경건한 마음으로 받아들이면서 당신의 삶을 그야말로 아름답게 사시다 가셨다.

　속(俗)된 가치가 넘쳐나고, 그것만이 삶의 성공이요 지표이며, 남의 것조차 자신의 것으로 만들고, 그럴 수 없는 자들을 폄훼하면서 자신들의 유치하고 비루한 능력과 가치 인식으로 세상을 더욱 속된 것으로 만들어 가려는 무리가 늘어나는 세상에서 아버지는 그들과 다르게 사시려고 애쓰셨다는 것을 어렴풋이나마 알 수 있었다. 아버지께서 어머니에게 쓰신 편지에서 작은 부분이나마 아버지의 그런 점을 느끼고 배울 수 있었다.

　세상을 살아가는 일이 그저 살아가는 것은 아닐 터이므로 이처럼 스승과도 같은 분의 속 깊은 마음과 가르침을 새기면서 부족한 재주를 가진 자에 불과하더라도 살아가는 동안 끊임없이 정진하고 반성하면서 애쓰고 노력해야 할 것이라는 생각을 해본다. 아버지는 편지에서 이렇게 쓰셨다.

"우리의 길고 길었던 여정(旅程)의 행로(行路)는 참으로 어렵고 험했을지나, 이 여정을 참고 견디고 감내해서 기어이 이기고 헤치고 통과해 올 수 있었던 것은, 일일이 살피고 지켜보시며 내리신 하늘의 보상이라고 믿어지며, 그리고 이와 같이 되게끔 보살피고 유도해 주신 양가(兩家)의 선조(先祖)님들의 공덕에 대해 천지신명과 부처님이 감동하시고 하느님께 주품(奏稟)하시어 이루어졌다고 믿어지기 때문에 우리는 역대 조상님께, 천지신명께, 부처님께, 하느님께 깊이깊이 감사하면서, 우리 자손들에게 위선사(爲先事)함을 다해야 하는 마음을 심어주어야 할 것이외다."

그런데 이 대목은 어머니께 당부하며 대신 전하시려는 말씀이라기보다는 아버지께서도 기회가 되면 직접 자손들에게 전해 주시려던 말씀으로 이해가 되었다.

아버지는 이로부터 채 2년도 안 되어 2017년 9월에 돌아가셨다. 아버지께서 직접 이런 말씀을 강조하거나 전해 주시지 않았더라도 우리는 평소에도 이런 가르침을 충분히 알았을 뿐만 아니라 배우고 있었다고 할 수 있기에, 앞으로 살아생전에는 나름대로 최선을 다하여 위선사(爲先事)뿐 아니라 발복(發福)의 원천을 잘 새기며, 바르게 살고자 노력해 나갈 것이다.

장정리(長井里)

충남 당진시 대호지면 장정리.

나의 할아버지 할머니를 합장으로 모신 산소가 있는 곳이다. 며칠 전 둘째 동생과 함께 벌초(伐草)하고 왔다. 아버지가 살아계실 때는 아버지를 모시고, 아니 아버지를 따라 아들 3형제가 할아버지 할머니 산소의 벌초를 다녔었고, 아버지가 연로하시니 간혹 가실 수 없었을 때나, 돌아가신 뒤에는 아들 3형제가 다녔다. 막내동생은 공무원으로 그리고 정치인으로 공사(公私) 간에 바쁜 일이 많음에도 웬만하면 벌초나 성묘하는 일은 함께 참여하고자 하였으니, 아버지는 마음속으로 든든하고 흐뭇해하셨을 것으로 추측해 본다.

이렇게 가을에(주로 추석을 앞두고) 벌초하러 다니거나, 4월 초 한식(寒食) 무렵에도 할아버지 산소를 찾았던 일은 내 기억으로 한 해도 거르지 않았고, 특히 벌초는 매년 빠뜨리지 않았던 것 같다. 물론 작은 숙부께서 한동안 정성스럽게 산소를 살폈던 시기가 있었는데, 그 무렵은 산소에 가는 일이 겹쳤거나 함께 가기도 했지만, 이처럼 할아버지 산소는 나의, 그리고 우리의 중요 관리(?) 대상이었다.

이렇게 중요한 할아버지 산소가 이곳 장정리로 옮겨 모시기[移葬] 전에는 나의 고향이기도 한, 우리가 예전에 살았던 집 부근인 신평면 신흥리에 있었다.

할머니께서 돌아가신 것은 내가 태어나기도 전인 1957년, 매서운 추위가 기승을 부리던 음력 정월 대보름이 지난 다음 날(음력 1월 16일)이었다. 어찌 된 일인지 아들 3형제가 모두 군대에 복무 중이었고, 여동생들(고모들) 셋만 집에 있었던 그때, 할머니가 돌아가셨다. 53세(1905~1957)의 비교적 젊은 나이로 돌아가셨는데, 그나마 둘째 아들인 큰 숙부께서 마침 휴가를 나와 어머니의 마지막을 살폈다고 하니 다행스러운 일이었으나, 할머니로서는 매우 안타까운 마지막을 겪으신 셈이었다.

특히 임종하지 못한 아버지의 심정은 어떠하셨을까?

장자(長子)로서의 위치와 책임감을 깊이 간직하고 있었던 아버지로서는 그 어떤 변명이나 설명조차 할 수 없는, 불효자로서 크나큰 죄책감을 느끼셨을 것이다. 젊은 날의 실수(?), 아니 결과적으로는 잘못된 의사결정이라 할 불의의 일로 인하여 그간 주어졌던 모든 기회와 기득(旣得)한 일들을 내놓고 전혀 새로운 인생의 방향으로 접어들게 되었고, 나이가 꽤 되었을 그때, 군대에까지 입대하여 복무 중이었으니, 평생 고생만 하신 어머니를 보살피지 못하고 병환이 있어도 구완조차 못 한 채 돌아가시게 하였다는 사실에, 그 심정은 당사자가 아니면 실감하기 어려운 일일 것이다.

사람의 생각과 능력이 무력하기 짝이 없는 때가 있는 것 같다고 느끼면서, 더불어 무능할 정도로 처치할 방법이나 방식조차 쉽사리 찾지 못하는, 인간의 한계를 철저하게 경험하면서 마음에 새겨지는 통한(痛恨)이 어떠했을지?

(나의 지나친 생각인가? 내가 이런 생각을 하는 것은 원래 인생이란 이럴 수 있다고 여기면서도, 애당초에는 가능하다고 기대할 수 있었음에도 실제로는 이룰 수 없게 된 상황에 놓이게 되면 이때 확

인되는 불가역의 격차에 낙심과 좌절을 경험하게 될 것이며, 스스로 자신의 우울감만 부각이 될 것이다.)

이런 배경에서 할머니께서 돌아가셨고 그때 할머니 산소를 모셨던 곳이 신평 신흥리였는지는 확인하지 못하였다. 아마 다른 어느 곳에 할머니를 모셨다가, 할아버지께서 1964년(음력 4월 4일) 돌아가신 다음, 좀 더 넉넉하고 좋은(?) 장소를 확보하여 모신 곳이 신평 신흥리였을 것으로 생각해 본다.

이에 대해서는 내가 정확하게 그 사실들을 확인해 보지는 않았고, 그간 알 수 있게 된 내용들을 종합하여 유추한 것이다.

기억해 보니 내가 군대에 입대하여 복무 중일 때(음력 1982년 3월 12일), 아버지는 형제들과 함께 일가 식구들을 참석시킨 후 산소를 크게 사초(莎草)하고 비석을 다시 세우면서 정비하셨다. 봉분 양옆으로 한 쌍의 망주석(望柱石)을 세우고 커다란 비석까지 제대로 갖춘 상태로, 누가 보더라도 산소를 잘 살피면서 관리하고 있다는 것이 남들 눈에도 띌 정도로 보기가 좋았다. 또한 시간이 지나면서 잔디도 잘 자라고 산소 주변에 심은 작은 높이 나무들도 잘 자라주어 보기에도 정성을 들인 느낌이 들었다. 이 산소 역시 오랫동안 다니며 성묘하고 살폈던 곳이다. 아버지의 주도로 자주는 아니어도 수시로 다녀왔고, 어떤 때는 아버지 없이도 동생들이 군(軍)에 간다거나 일이 있는 경우에 몇 차례 다녀오기도 했다.

그런데 신흥리 산소가 있던 그 지역은 망객산(望客山) 기슭의 완만한 줄기를 타고 이어지는 곳이었는데, 주로 밭이었던 곳에 하나둘 공장들이 들어서더니, 어느 순간 대대적인 공장지대로 바뀌며 세월의 흐름과 더불어 변화를 겪게 되었다. 결국 망자(亡者)의 안식처를

산 자(者)들의 생활 터전으로 돌려주어야 할 처지가 되었다. 이 바람에 결국 산소를 이장하게 되었고, 그래서 신흥리에서 대호지면 장정리로 옮겨 모시게 된 것이다.

신흥리나 장정리나 모두 예전에 우리 집이 살았던 곳에서 가깝거나 연고가 있는 지역이었다. 장정리의 경우만 해도 오래전에 살았던 정미면 매방리와 인접한 곳이었다. 물론 어느 정도는 이동 거리가 있어 아주 가깝지는 않지만, 부근이라 할 만큼 접해 있는 곳이었다.

매방리는 아버지가 태어난 고향이기도 하다. 충남 태안에서 한약 방을 운영하던 증조할아버지가 갑작스레 돌아가시니, 홀로 되신 증조할머니께서 자식 3남매를 데리고 친정 식구들이 모여 살고 있던 이곳으로 이사하셨고, 이곳에서 자식들을 키웠으며, 할아버지는 결혼한 다음 6남매의 자식을 둔 곳이기도 하다. 할아버지는 어머니인 증조할머니와 함께 한동안 이곳에 살았고, 증조할머니께서 돌아가신 후, 형님(큰할아버지)이 사는 신평면 신흥리로 이사하신 것으로 그 과정을 정리할 수 있을 듯하다.

작은 숙부의 말씀에 따르면 지금 장정리 산소에서 내려다보면 보이는(물론 나무가 울창하고 높게 자랐으니 잘 보이지는 않는다.) 앞길은 할아버지가 일을 마치고 집으로 돌아갈 때 지나가야 하는 길이었다고 한다. 우리가 서울에서 당진 시내를 지나 이곳으로 오려면 정미면사무소 삼거리를 거쳐 대산면이나 태안 쪽으로 가는 지방도로인 이 길을 지나야 하고, 그 길을 따라 한동안 올라오면 장정리의 지명 유래가 된 '고래샘'이 있는 곳에 버스 정류장이 있다. 이 길가에서 멀지 않은 산기슭에 산소가 있는데, 이 길이 매일같이는 아니더라도 할아버지의 퇴근길이었던 셈이다.

자식들은 이것을 기억하고 있고, 그 길을 헛헛하게 걸었던 아버지를 떠올리며, 당신이 주로 걸어 다녔던 그 길을 바라보며 옛날을 추억하시라는 뜻으로 산소를 이곳에 모시려 했다는 생각에는 마음 한편에 찡한 울림이 일어남을 느낀다.

　가난하고 고단한 생애를 보냈던 옛 시절, 아무리 나라를 빼앗기고, 형편없는 나라 사정으로 백성 모두가 어려운 시기를 보냈다고 해도, 그래도 그중에는 잘 먹고 잘 살았던 사람들도 있었던 법, 그래도 힘든 것은 힘든 법이다. 남과 비교하면 그 어느 것도 마음은 불편하고 나만 힘들고 불리한 듯 여기게 마련이다.

　그러나 그 당시 많은 이들은 그야말로 먹고살기 힘들었다. 또한 아버지가 젊은 나이에 일찍 돌아가시고 어머니 홀로 자식을 키우며 살았던 그 당시, 지금도 힘든 조건이거늘 일제 강점기에 시골 마을의 삶이 오죽했겠는가? 또한 순박하고 성실하고 착하시기만 했다는 할아버지께서 남들은 아무렇지 않게 행하기도 하는 요령조차 부리지 않으며 그저 당신에게 주어지는 일을 곧이곧대로 받아들이고 행하면서 사시니, 그로 인하여 얻게 되는 소득이나 몫은 어쩌면 남들만 못했을 수도 있겠다 싶다. 이렇게 하여 얻게 된 부족한 소득으로 식구들이 살아가게 되니, 늘 곤궁하고 당장에 그 결핍으로 인해 겪고 느끼는 차이는 크기만 했을 것이다. 이런 가운데 가장으로서 자신과 식구들의 처지를 바라보는 심정도 적잖이 괴로운 일이었을 테고, 그런 삶이 평생 유지되고 지배하였다고 해도 과언이 아니었을 것이다.

　그렇지만 세상은 어느 때가 되면 바뀌는 법이다. 달도 차면 기울고, 낮과 밤이 바뀌듯 아무리 막막하고 멀어도 시간이 흐르면 자연의 이치는 그 상태를 바꾸어 놓는 것이다. 자식들은 그런 중에도 성장하고 자신 몫의 인생을 준비하며 어느 순간 자신의 길을 가게 마련이다. 세상이나 사람의 형편은 언젠가 바뀌게 되는 것이니, 할아버지의 곤궁했을 삶은 그 후대에 가서는 분명 다른 모습으로 바뀌게 될 수 있을 것이다. 다만 그때는 그런 생각에까지는 미치지 못하였을 것이고 눈앞의 처지와 삶이 걱정거리였을 뿐이리라.

할아버지는 그 짧지 않은 거리(距離)의 길을 밝고 희망적이기보다는 지치고 고단한 상태로 돌아가야 했을 것이고, 가족들, 자식들에게 미안하고 괴로운 마음이 컸을 뿐 아니라 기쁘고 좋은 무언가를 가득 들고 돌아갈 수 없는 처지에 마음은 한층 무거웠을 것이다. 그래도 하루의 고단함을 풀고 휴식이 있고 식구들이 있는 집으로 돌아가는 길. 희로애락(喜怒哀樂)이 담긴 인생길이었을 그 길을 할아버지는 거의 매일 같이 걸어 다니셨을 것이다.

작은아버지는 간단하게 당신의 아버지가 '저곳 너머(정확히 어느 곳인지는 모르겠다. 예전에는 그곳에 비교적 큰 장이 열렸던 것 같고, 바닷가와 가까우니 사람들이 많이 모이는 큰 장터였을 것이란 추측을 해본다)에서 일을 보고 이 길을 걸어서 집으로 가셨다.'는 그 말을 아무렇지 않게 전해 주었다. 물론 상세하게 알려주고 설명할 일도 아니고, 자식으로서 아버지에 대해 간직하는 아버지의 힘들었을 일상생활의 한 단면을 토로하듯 하는 말일 것이다. 이 간단한 말속에는 나름의 복잡한 심경이 담겨 있다고 할 수 있고, 자식으로서 아버지에 대한 연민과 그 고생에 대해 안타까운 심정을 얼핏 드러내려는 심사라 할 수 있을 것이다.

어쨌든 이 일은 이미 오래전의 일이고, 그 이후 자식들은 간단치는 않게 이루었겠지만, 아버지의 고단한 생애와는 다르게 비교적 풍요로운 삶을 살 수 있었다. 모든 일이 거저 오지는 않는다. 남과 다른 노력이나 시도가 있어야 하고 그 과정에서 분명 크고 작은 성공과 실패도 뒤섞여 반복하게 마련이다. 이를 잘 이겨내면서 자신에게 유리한 결과를 창출하거나 얻어가게 되는 것이다.

할아버지의 자식들, 그 후손들은 대단하지는 않아도 나름으로 세상에서 남 못지않은 것들을 이루고 누리며 살았다고 할 수 있다. 할아버지의 6남매는 젊은 시절 고생은 하였지만, 과거보다는 좀 더 나아진, 그리고 사회적으로 어느 정도는 안정적인 위치에서 적절한 경제적인 여유를 누리며 살게 되기도 하였다.

그리고 친가 외가를 통틀어 손자 손녀들도 꽤 여럿을 두었으며, 이들은 사회적으로 쉽지 않은 성취를 이루기도 했다. 세상과 사람에 대한 가치평가는 그 기준이 다양하므로 쉽게 단정할 수는 없다. 그리고 그 양과 질적인 기준과 수준이 천차만별이므로 이 또한 간단하지는 않겠지만, 현재 친(親)·외(外)손자 손녀들이 무려 18명에 이르고, 이들이 속한 사회의 분야에서 어느 정도는 역할을 하면서 사회 공동체에 이바지하는 쓸모 있는 구성원으로 살아가고 있다.

이들이 구청장, 판사와 검사를 거쳐 변호사가 되고, 대학에서 박사학위를 받아 대학교수가 되어 후학을 양성하거나, 회사를 운영하여 경제적 부를 이루며 적절히 풍요로운 삶을 살고 있다는 것을 할아버지가 알게 된다면 아마도 매우 흡족해하시지 않겠는가? 당신께서 그 옛날, 마음과 달리 자식들을 편하고 풍족하게 해주지 못했던 한스러운 일들은 이제 더 이상 일어나지는 않게 되었으니 말이다.

아무튼 자식들은 어느 순간 아버지나 어머니 등 어른들을 생각하면서 이미 오래전에 지난 과거의 일이라 해도 애가 끊는 기억을 가질 수가 있고 잊을 수도 없을 것이다. 그러나 한편 이만하니 그런 기억을 담담하게 떠올리며 자신이 할 수 있는 일들을 하게 되기도 한다. 나의 아버지나 숙부들, 고모들이 가진 생각들과 정신은 이런 가운데 그 자식들에게로 전달되는 셈이니, 이는 한편으로 정신적인 유산과도 같은 것이라 할 수 있고, 살아가는 가운데 겪는 여러 스토리 텔링의 어떤 특정한 영역이 되어 자리하게 되기도 할 것이다.

이렇게 장정리의 할아버지 할머니 산소는 굳이 다른 장소도 아니고 예전의 기억 속의 그 길을 연상하면서, 그런 연유와 연결하여 산소를 이쪽으로 옮겨 모신 특별한 이유를 찾을 수 있으니, 그간의 다양하고 긴 스토리를 간직하는 상징적인 유산이 되기도 한 것이다.

이제는 아버지도, 큰 숙부도 돌아가시고, 고모들은 이미 연로해진 데다 또 치매 상태라 하니, 예전의 기억은커녕 정상적인 생활조차도 힘들게 되어가고 있으니, 이제 서서히 새로운 세대로의 이동이 불가피한 때가 되었다. 그만큼 세월이 흐른 셈이며, 세상에 그 어느 것도 머물러 있지 않듯이 세상에 나고 자란 것들은 다시 소멸을 향해 가면서 새로운 것들을 준비하게 한다. 그러니 슬프고 안타까워도 이를 당연하게 받아들이도록 해야 할 것이며, 나 역시도 벌써 꽤 나이가 든 중노인 상태가 되었고, 동생들도 곧 그런 상태가 될 것이다.

세상은 곧 이처럼 변화하는 것임을 긴 세월을 보내고 나니 실감하게 된다. 그러면서 다시 당신들의 경우를 돌아보게 된다. 그래서 그리워지고 그 그리움 속에 서글픔이 섞이는 것은 인간의 자연스러운 반응인 셈이니, 굳이 마다하며 피할 일은 아닐 성싶다.

제3부 아! 아버지

나의 아버지

아버지를 추억함

봄날은 간다(1)

봄날은 간다(2)

묘비문

불초

아버지의 아침상

나의 아버지

　나의 아버지는 진주강씨 휘(諱) 신(信)자 양(暘)자이시다.

　1925년 11월 2일(陰) 태어나 2017년 7월 23일(陰) 돌아가시니 향수(享壽) 93세였다. 충청남도 서산군 정미면 매방리에서 태어나 정미공립보통학교를 졸업하였고, 그 이후 당진군 신평면 신흥리로 이사하여 성장하였다. 대전사범학교를 다녔고, 20세 때인 1944년 3월 22일 졸업 이후, 곧바로 1944년 3월 31일부터 충남 태안에 있는 근흥공립국민학교에서 교원(敎員)으로 근무를 시작하였으며, 다음 해인 1945년 3월 31일에 급11급봉(給十一級俸)의 훈도(訓導)로 임명되었다.

　이후 우강, 신평공립국민학교를 거쳐 신평공립국민학교의 한정분교를 설립하는 일을 주도한 후 이 학교의 분교장으로 근무하였고, 6.25사변 후 학교를 떠나 개인 사업에 전념하였다. 불과 10년이 채되지 않은 기간 동안 교육자로서의 생애를 보냈지만, 주위의 전언(傳言) 등을 종합해 보면 열성적이고 창의적으로 학생들을 지도하면서, 학교의 운영 관리 활동에도 적극적이었다고 한다. 유능한 교사로서 당신의 재능을 충분히 발휘하며 최선을 다했으나 시대 상황과 개인적인 사정으로 교육계를 떠나게 되었다.

　집안 내에서는 진주강씨 박사공파 26세 후손으로, 9대조인 박사공

17세 연기공[휘(諱) 린(璘)]의 종손으로서 지극정성으로 선조에 대한 향사(享祀)와 다양한 관련 사업들을 우선으로 수행하는 등 뛰어난 효행심(孝行心)을 스스로 보여 주셨다.

나아가 평생 개인적인 삶과 더불어 진주강씨 종중 사업에 관심을 기울이며 매우 헌신적으로 이바지하셨다.

오늘날 종중 사업에 관여하고 헌신하는 일을 시대에 부합하지 않고 과거의 전통이나 유산을 챙기는 일로 생각하기 쉽다.

그러나 인간은 근본적으로 부모와 조상이라는 혈연에 의한 계통을 떠나서는 존재와 근본 의미를 설명하기 어려우며, 단지 지난 시대의 이념과 풍습으로 여긴다면 이는 미래가 그저 오는 것이 아님에 대한, 역사의 원리와 가치에 대한 몰이해인 것이어서 매우 안타까운 일이라 할 수 있다.

아버지는 집안과 선조의 업적과 정신을 기리는 일을 성심으로 자신의 개인적 목표 그 이상의 가치로 인식하며 헌신하셨다.

따라서 이런 근본정신과 역사 인식을 바탕으로 가문과 나라를 위하고 그에 따른 의무적인 개인의 역할이 필요하다는 기본개념을 스스로 지켜가며, 후손들에게도 이를 전달하고 교육하고자 하는 사명감을 가지고 계셨다.

현대에 들어 근본 없는 서구 문명의 감각적이고 유희적인 발상에 젖어가는 세태가 점차 확산해 나가는 분위기에서 스스로 인간의 가치를 알아가고 이를 더욱 발전시켜가는 것에 관심을 두어야 하는 새로운 세대들에게 책임감 있는 역할을 모색하였다고 할 수 있는데, 앞으로 예상되는 변화에 대해서는 불안감이 사라지지 않는 것이 사실이다. 현재 인간과 인간사회의 핵심에 대한 이해는 고사하고 이를 유지하고 발전시키려는 노력보다는 부정하거나 거부하려는 태도와 사고는 우리의 정신문화 유산에 대한 무지와 그 숭고한 뜻에 미치지 못하는 정신적 사고의 결핍이라고밖에는 치부할 수 없을 것이다.

당연한 논리로서 과거의 우리 선조들은 자신의 영달과 성취를 가족과 가문으로부터 출발하여 나라를 지탱하는 가치이념으로서 중시하는 정신적이고 철학적인 인식과 실천이 있었다. 단지 유교적 이념으로 치부할 일이 아니며, 이는 그 이전의 역사와 정신을 계승 발전하여 학문적이고 체계적인 원리와 구조로 삼아 인간사회의 질서로 활용하였다. 오늘날은 이런 원리와 정신을 과거처럼 수행하기는 불가(不可)하더라도 최소한의 노력을 실행할 필요는 있을 것으로 여겨진다. 이런 의도로 선조님들이나 나의 아버지 같은 분들의 마음과 정성을 이해하길 원하고 바랄 뿐이다.

아버지는 당신의 바쁜 생활 속에서도 종중 관련 공동체와 사회조직체에 관여하여 활동하였을 뿐 아니라, 스스로 선조들이 물려준 각종 문헌과 묘지명 묘갈명 등 기록을 수집 발췌 정리하여 이를 후세인들이 읽고 이해하고 배울 수 있도록 방법들을 연구하였다.

선조들의 문헌 자료들은 모두 한문으로 되어 있고, 보관상태가 완벽하지 않을 때는 글자를 분간할 수도 없고, 대개(大槪)의 사람들은 그 내용을 읽고 해독하기가 불가능하니 아무리 소중하고 유익하다 한들 무슨 소용이겠는가? 이런 문제점들을 모르지는 않으나 어느 누가 선뜻 나서서 해결할 수가 없는 것은 그 자신도 문자 해독이 불가하고, 본인이야 집안일에 관심이 있어서 관여한다고 해도 그런 일을 할 재능이나 의지가 없으니 결국은 같은 결과가 나올 뿐이었다.

아버지는 이런 환경적인 요인들을 이미 파악하고 있었다.

그래서 오랜 시간이 걸렸지만, 집안에 보존된 자료 외에 다양한 기관과 장소, 타성(他姓) 문중(門中)에서 보관 중인 자료와 문헌들을 대여하거나 사본으로 만들어 그것을 읽고 이해하고 난 후 필요한 부분들을 발췌하여 번역하고 읽기 쉽게 윤색하여 하나의 책으로 집대성하여 출간하였다.

『강필리 선생 전기』와 『선세추모록』의 합본과 『선세추모록 기2(其二)』 등 2권의 책을 출간하였는데, 이 책들의 출판 의도는 우리 강씨(姜氏) 집안의 후손들이면 누구나 읽어 이해하고 배워야 하니 그럴 수 있도록 책으로 정리하여 출간한 것이었으며, 결과적으로는 누구도 쉽게 해낼 수 없는 종합 문집으로서 집안 누구에게라도 자부심이 느껴지고 그 선조님들의 삶과 사상, 그리고 선조님들의 나라를 위해 헌신한 위대한 선비정신이나 학자로서의 자부심, 나랏일에 종사하는 신하(臣下)로서의 책임과 사명감 등을 충분히 알 수 있게 해주는 '진주강씨의 종합 역사사상집'이라 해도 좋을 정도의 역작(力作)이 되었다고 할 수 있었다.

승정원에서 승지로 임금을 보좌하던 중, 순천과 동래부의 부사로 외직에 나가 임금을 대신하여 지역을 다스리다가 다시 돌아와 대사간을 역임하던 중 비교적 일찍 별세하신 동래공(東萊公) 강필리(姜必履) 부사(府使)는 아버지의 생가(生家)로 6대조이신데, 동래공에 대한 『강필리(姜必履)선생 전기』와 『선세추모록(先世追慕錄)』은 이런 광범위하면서도 깊은 추모와 존경심을 담되 그 정신과 사상을 이어받고자 하는 뜻으로 오랜 기간 헌신하여 정리한 2권의 책이다. 두 권의 책의 총 쪽수가 1,300쪽에 이르니, 이 작업의 규모가 외형적으로도 단박에 느껴진다.

아버지는 오랫동안 자료를 수집하고 읽고 정리하여 책으로 편찬하였는데, 준비시간을 제외하더라도 집필 과정만 근 10년이 걸렸으며, 번역하면서 느낀 소회를 별도로 덧붙이며 탈고하여 책으로 출판하였다. 전문 번역가와 이 분야의 학자들도 엄두가 나지 않을 분량의 한문 문서를 일일이 음과 훈을 달아 한자를 알지 못하는 사람도 반드시 읽고 그 뜻을 알 수 있도록 세심하게 번역하여 책으로 내신 것이다. 이 책을 출판하게 되었을 때 우리 가족들은 출판기념회를 열어 그날을 기념하였다. 그때가 2005년, 아버지가 팔순이었기에 팔순 잔치를 겸하였다.

그 이후에 『병마도원수 강홍립 장군의 전기』도 탈고하였다.

광해군 때 한성판윤과 형조참판을 지낸 내촌공[휘(諱) 홍립(弘立)]께서 명(明)과 후금(後金)이 전쟁을 벌이게 되었을 때, 명나라가 임란 때 우리를 도운 것에 대한 '재조지은(再造之恩)'의 대가로 원병을 요청하자 명국 지원을 목적으로 한 지원군의 '병마도원수'가 되어 출정하게 되었다.

그러나 도원수 강홍립에게 주어진 불가항력의 상황에서는 조선과 명의 연합군이 제대로 후금과 전투를 벌일 수 없었으며, 결국 광해군과의 밀약도 있고, 살아남은 병사 5천이라도 살리기 위해 투항을 하게 된다. 이 과정에서 도원수 강홍립은 국내에서 오랑캐에 투항한 역적으로 몰리고, 오랜 시간 후금에 연금되어 있다가 귀국하였다.

그런데 바뀐 임금임에도 인조는 이를 참작하여 복권을 명하였으나 반대하는 대신들에 의해 결국 당시에는 복권되지 못하였다. 시대착오적인 당파분쟁에 희생되신 것이다.

광해군은 이미 당시 조선의 상황과 처지 그리고 실리적인 사대교린(事大交隣)이라는 외교정책을 적절히 운용하여 조선과 명, 조선과 후금의 관계에서 발생한 국제정세를, 시대적으로 혼란스럽고 조선에게는 불리한 조건을 극복하고자 하였으나 그럴 수가 없었으며 도원수공(휘 홍립) 역시 이런 상황에서 희생양이 되어야 했다.

아버지는 이런 강홍립 도원수에 대한 역사 기록을 근거로 전기(傳記)를 저술하였지만, 출간하지는 못했다.

개인적인 저작물이기보다는 종중이 주도하여 출판해 주기를 기대하였으나 뜻대로 이뤄지지 않았다.

숙종과 영조 시대에 걸쳐 문신이며 문장가인 국포공 강박(樸)께서 평생에 남기신 시와 문장(文章, 산문)을 모두 모아 국포공의 제자인 번암(樊巖) 채제공이 평안감사 시절, 국포공의 아드님인 휘(諱) 필악(必岳)의 도움을 받아 목판본의 국포공 문집(국포집) 12권 6책을 출판하였다. 국포공 사후(死後)에 이루어진 이 책의 출판은 매우 의미가 있는 일이라 할 수 있다. 제자가 스승을 기리는 일로도 의미가 컸지만, 당대 최고의 학자요 문인이며, 근기(近畿) 남인(南人) 학자의 영수 격이었던 국포공의 전집을 출판하는 일은 매우 뜻깊은 일이었다. 오늘날 그 목판은 경북 상주 세거지(世居地)에 있는 봉강서원에 오랫 동안 보존하던 중 최근(2023년 11월)에 경북 상주시 상주박물관에 기증되었으며, 인쇄한 원본 2권이 전해지고 있는데, 한 권은 서울대 규장각에, 다른 한 권은 종가에 보존되어 있다고 한다.

아버지는 이를 번역하고자 하였다. 처음엔 돌아가시기 전까지를 예정하고 언제 끝낼 수 있을지 장담할 수 없으니 1단계로 시(詩) 6권 3책(冊)이라도 번역을 끝내보려는 목표를 정하신 듯하였다. 비교적 분량이 적으니 그런 판단을 한 것이지만, 시(詩)는 시(詩)대로 양이 적어도 번역의 어려움이 있었을 것이다. 다행히(?) 시 부문 번역은 무사히 끝내고 곧이어 산문의 번역을 착수하였으며 이 또한 시간이 흐르니 완성할 수 있었다.

그래서 원하던 목표를 이루게 되었지만 출판할 수는 없었다. 책의 분량도 상당하였고, 고문서(古文書)는 아무나 번역하기가 부담스러운 부분이 있는데 누구도 이를 평가하거나 첨삭할 수 없다는 한계와 어려움이 있다. 문학작품에 대한 것이니 고전문학을 연구하는 학자들과 교류가 있었다면 혹시라도 번역작업에 대한 조언이나 출판에 관한 의견을 들을 수도 있었을 것이나, 우선 이런 대규모의 작업에 대해 누구도 쉽게 거들거나 조언하기도 어렵고, 학자들의 연구 분야와 맞아야 할 것이며 그들과의 심정적인 교류도 일치하는 부분이 있어야 어떤 식으로든 의사소통이 될 텐데, 어느 쪽으로든 쉬운 일은 아니었을 것이다.

이런 여건들과 관계없이 이 노력의 결과를 스스로 책으로 출판하고자 한다 해도 그 이후의 수요와 보급의 문제도 생각하여야 할 것이다. 출판에 따른 제반 비용 등도 고려해야 할 것이며, 특히 분량이 적지 않아서 일반적인 책 분량의 3~5배는 될 텐데 현실적인 부담도 크게 여겨졌다.

그런 어려움에도 불구하고 이런 분량을 묵묵히 중단 없이 완결하신 그 모든 노력과 능력에 대해 놀라움과 함께 감탄할 수밖에 없었다. 이를 무슨 말로 표현할 수 있으랴!! 이 과정은 고사하고 이 결과를 볼 때 감히 어떤 누가 이런 일을 해낼 수 있겠는가?

돌이켜 보니 아버지는 70세경부터 이렇게 당신의 마지막 과업으로 이런 일들을 선택하고 그 일을 차근차근 진행해 나가신 듯하였다. 기존에 하고 있던 일들은 그대로 진행하면서 새롭게 시작을 한 것이니 일의 분량이 그만큼 늘어난 것이지만, 뚝심으로 지속하면서 결국 모두 다 해내신 것이다.

그 결과를 빛나게 할 마무리로 출판은 이뤄지지 못했지만, 마음으로부터의 짐과 의무를 다하신 셈이었다. 보다 본격적으로 선조들의 문헌과 기록, 유물 들을 번역 정리하는 일을 집안과 종중을 위해 그래서 후손들에게 오래도록 선조들의 유업과 훌륭한 업적이 전해져서 유구한 역사를 가진 명문가의 정신 유산을 이어가길 바라면서 이 일을 해내신 것이었다.

　내 생각은 그저 이런 식에 머물 뿐이다. 어찌 아버지의 깊은 뜻을 다 알 수 있겠는가? 결코 미치지 못한다. 다만 이 정도의 생각으로도 나는 아버지의 크고 깊은 뜻에 감동하게 된다.

　다른 어떤 목적도 없이 오직 그와 같은 순수하고 고결한 생각으로 당신의 모든 시간을 바친 지극한 정성의 노력을 달리 어떤 식으로 표현해야 할지 모르겠다.

　사람의 한 생애는 각자에게 주어진 대로 다양하게 자신들의 생애를 살다가 떠나게 되어 있다. 나의 아버지는 이런 방식으로 당신에게 주어진 생애를 사셨다. 그 숱한 이야기들이 온갖 희로애락(喜怒哀樂)을 담고 만들어지고 전해졌지만, 그것의 가치평가는 어떻게 해야 하는 것인지에 대해서는 좀 더 아끼며 생각해 보고 싶다. 쉽게 함부로 단정하거나 해석하고 싶지는 않다.

　그리고 당신의 과업으로 삼아 마지막까지 애쓰며 해결하려 한 그 결과들은 어느 정도 그 가치를 발휘할 수 있게 되었으나, 마무리되지 못한 과제도 남아있으니 그것은 유업(遺業)으로 생각하고 이어갈 수 있도록 해야 하리라고 생각해 본다. 세상의 모든 것은 끊이지 않고 이어가며 또 마치 흐르는 강처럼 흐르는 것이니까, 이런 생각은 매우 자연스러운 것이라 여기고 있다.

아버지를 추억함

아버지가 우리 곁을 떠나신 지 3년이 지났다.

이미 아버지가 안 계시는 현실은 확고하지만, 감정의 정리는 여전히 진행 중이고 현재에는 안 계셔도, 아버지에 대한 여러 생각들은 일상의 시간 속에서 반복하며 자연스럽게 떠올려지고 있다.

수습하고 마무리한다고 하여 정리가 완전히 끝나는 문제가 아니니 당연지사(當然之事)이지만, 마치 살아계신 듯 내게 영향을 미치는 것과 다를 바 없는 힘을 느끼거나 의지가 되기도 하니 실재(實在)하지 않아도 내 마음속에 함께 하고 계시는 것과 다름이 없다는 생각이 들기도 한다.

바쁜 생활의 굴레에 있으면서 틈틈이 떠올려지는 지난날의 추억거리 또한 마찬가지의 과정을 거친다. 아버지와 함께했던 60년 동안 크고 작은 많은 일들이 있었다.

그러나 뚜렷하고 인상적인 일을 떠올리려면 딱 이거라고 할 일들로 모아지지는 않지만, 그리고 요즘 아버지들처럼 다정다감하게 또 특별히 우선하여 의도적으로 그런 추억을 만들자고 작정하거나 그럴 기회가 쉽게 주어지는 환경을 살아온 것은 아니니 그런 판단을 하기엔 다소 생각이 필요해지기도 한다.

그러면서 내가 선뜻 밖으로 드러낼 수 없지만, 그 의도가 내게는 너무도 특별하고 의미가 있게 여겨지는 일들이 꽤 많이 떠올려진다. 이를테면 이것들은 자신의 의중(意中)을 아무렇지 않게 표현하는 요즘 아버지들의 가벼운 처신과는 달리 진중하고 절제하는 아버지의 역할을 견지(堅持)하고자 한 예전 아버지들의 노력을 생각해 보면 그 깊은 속마음에 새삼 감격하기도 한다.

　아마도 1967년 여름 무렵, 내가 10살쯤이었던 것으로 기억한다.
　이젠 기억을 떠올리는 것이 예전 같지 않으니, 맞나 싶은 생각을 잠시 해보지만, 그때가 맞다. 그날은, 나의 기억으로 박정희 대통령이 새로 당선되어 취임식을 하던 날이었던 것 같다.
　그 장소는 남산 야외음악당이었다. 오래전에 남산 기슭에 대형 야외공연장이 있었다. 그때 그곳에서 열린 행사는 잘 기억할 수 없다. 나야 어린 나이이기도 했고 그저 아버지를 따라간 것이었으니, 아무 생각이 없었다. 추측해보면 취임식 이후 취임 관련한 부대 행사였을 것이다. 공연 같은 것은 아니었고 사람들이 연단에 올라 강연하거나 연설(演說)하고 있었던 것 같다. 그때 아버지는 그곳에 나를 데리고 가셨다. 그날은 비까지 내렸다. 수많은 인파가 모여들어 지금과 비교하면 비교적 좁은 공간이었을 테지만, 사람들이 꽉 들어차니 혼잡하기 이를 데 없었다. 아무튼 나는 지금도 궁금하고 잘 알 수 없는 일이었는데, 아버지는 왜 나를 데리고 그곳에 가셨을까?
　당시 내가 살던 곳은 서울 변두리였고 농촌과 다름없이 논밭이 집 근처에 공존하고 교통수단도 매우 불편할 정도로 낙후된 곳이어서 서울 한복판인 남산 야외음악당까지 가기 위해서는 상당한 시간이 소요되는 힘든 여정이었을 텐데 어린 나를 데리고 비까지 오는 그날 그곳에 간 데는 분명 어떤 의도가 있으셨을 것으로 여겨진다. 특히 아버지는 마흔 중반에 접어드는 나이에 가족의 생활을 위해 여러 가지로 분주한 처지에 있으셨을 것으로 추측이 되는데, 그런 아버지가 당시 젊은 대통령의 재(再)임기를 시작하는 그런 행사에 나이 어린 장남을 데리고 가신 것에 나는 지금도 궁금증을 가지고 그때를, 아버지의 그 의도를 떠올려 본다.

이 일에 대해 내가 근거와 상관없이 일방적으로 생각해 보는 것은, 이미 오래전부터 그것을 떠올려 보는 중인데, 큰아들의 교육적 목적으로 그렇게 하신 것은 아니었을까 하는 점이다. 가난한 형편에 충분한 지원과 조건을 갖출 수 없는 처지이지만, 국가의 대통령 취임식과 관련된 행사를 경험하게 하면서 생각을 크게 갖고 편협하지 않은 사고, 넓고 큰 인생 목표를 정해 당당하게 맘껏 높은 뜻을 펼치며 살아가길 간접적으로 바라시며, 그런 자극을 주려고 하신 것이 아니었을까 생각해 본다. 물론 나의 치우친 생각일 뿐이지만, 내가 만일 반대의 경우라면 나는 어떤 마음으로 아들을 데리고 그런 곳에 갈 것인가를 생각해 본다.

어쨌건 아들에게 유익하고 좋은 경험이 되고 또 삶에 보탬이 된다면 좋겠다고 기대하면서 그렇게 하지 않겠는가? 아버지가 당신만을 위해서 그곳에 가고자 하였다면 분명 가실 분은 아니었을 것으로 여겨진다. 무슨 생각이든 이러한 의도를 조금은 담아서 평소에는 할 수 없는 특별한 날의 경험을 어리더라도 아들에게 하게 해주고 싶으셨을 것으로 생각한다.

오늘날에는 부자지간의 관계가 예전보다는 가깝고 스스럼도 없다. 오늘날 좋은 아버지의 전형적인 모습은 친구 같은 아빠다. 나이 든 사람들은 충분히 격세지감을 느낄 만큼 세상이 달라졌다. 그러나 이러한 표현이나 행동의 문제와는 관계없이 예전 아버지들도 자식을 위한 일에는 적극적이었을 것으로 여겨진다. 다만 방식의 차이가 있지 않았을까 생각해 본다.

그렇다면 지금 나는 내 아들에게 어떤 아버지일까?

아들에게 무엇을 했고, 어떻게 대하고 있는가를 떠올려 본다. 아버지가 내게 전해 주셨듯이 은근하고 깊이 있는 의사전달을 나는 아들에게 하고 있었던가? 그랬던 적이 있었나 하고 생각해 보니 마음이 철렁하기도 한다. 이미 오래전부터 버릇처럼 아버지와 경험했던 추억을 떠올리며 이런 생각을 해보곤 했다.

그러면서 상당한 세월이 흐르는 동안 때로 즐겁기도 했지만, 반대로 마음에 켕기는 일을 겪기도 했다. 늘 마음에 두었던 목표를 이루고자 노력해 보긴 했어도 성과는 얻지 못하고 그저 평범하게, 그나마 건전한(?) 시민으로서 하루하루의 삶을 영위하는 정도밖에 되지 못하는 자신을 돌아보며 때론 슬프고 또 죄송하기도 하였다.

물론 시쳇말로 큰 인물 또는 성공한 인물에 대한 정의가 관점에 따라 다르고 정해진 표준이 있는 것도 아니니 특정의 존재를 떠올려 비교하며 스스로 평가 절하할 필요는 없다고 해도 나는 이 문제만큼은 아버지께 송구하기 짝이 없다고 생각한다. 비록 여건이 여의치 않더라도 자연스러운 체험을 통해 자식의 미래에 도움이 될 특별한 기회를 찾아 실행에 옮기셨던 아버지의 깊은 뜻을 잊은 것은 아니지만, 실제로 인생의 계획을 세우고 실행하는 데 있어서 아버지의 뜻에 부응하지 못한 점에 대해서는 대단히 죄송함을 느끼는 것이다.

이미 아버지는 돌아가시고 이 세상에 계시지 않는다. 이런 상황에서도 나는 여전히 아버지의 뜻을 지키고 받들지 못하는 나 자신을 스스로 곱지 않게 돌아보며 반성하게 된다. 재주가 부족하여 아버지의 뜻을 받들 위인이 못 된다는 사실을 모르지는 않지만, 그래도 당신의 기대에 부응하지 못하는 아들을 아버지께서 어찌 생각하시고 바라보셨을까 생각하니, 또 그 답답함과 안타까움을 속으로 삭이셨을 아버지에 대해 속죄해도 부족할 처절한 심정을 느끼게 된다. 오늘 새삼스럽게 혼자서 몰래 눈물지으며 죄송함을 토로해 본들 돌이킬 수조차 없게 되었으니 이런 허망할 일이 어디 있으랴!

　여느 하루처럼 또 일상적으로 보내는 이 순간에도 아버지는 지엄한 그리움의 대상으로 내 곁에 계심을 느낀다. 그리고 이런 생각을 경험하면서, 그리움으로라도 아버지와 함께함을 느끼게 되니, 아무리 나이가 들어도 아버지와 아들의 관계에 크게 의지가 되면서 편안한 마음이 들기도 한다. 그래서 한편 다행이라 여긴다.

봄날은 간다(1)-아버지

벚꽃이 흐드러지게 핀 봄날이었다.

유난히 아파트 단지 안이며 도로가에 벚꽃 나무가 많은 동네여서 벚꽃 개화철이면 천지가 온통 벚꽃이다. 그런 어느 날 아버지를 찾아뵈었다. 꽤 오래전 일이다.

지금보다야 젊었던 시절, 그때 나는 새로운 도전을 한답시고 잘 다니던 직장을 그만두고 새롭게 의욕적으로 시작했던 일이 있었으나 뜻대로 잘 되지는 않았고, 무언가 틀어진 것에 낙심하면서 다소 힘든 시기를 보내고 있었다. 그때는 나라의 경제가 매우 어려웠던 IMF 시절이었다. 명퇴 대상자가 아니었으면서도 굳이 그 대열에 끼어 회사를 그만두고 새 일을 시도했고, 오래 지나지 않아 실패 아닌 실패를 겪으며 의기소침해 있었다. 아무리 주위에 내색하지 않으려고 애를 써도 부모님 눈에는 바로 드러나는 법이었나 보다. 나의 또 다른 시도를 위한 행동에 공백은 길어지고 그것은 부모님들에게는 걱정거리가 되어 버렸다.

어느 일이든 잘 안될 때는 원하지 않던 일들이 겹쳐 일어나게 마련인가. 나의 노력이 제대로 안 풀려가는 것도 걱정이지만, 가족에게 걱정을 끼치는 것도 큰 걱정거리여서 이런저런 어려운 상황이 나를 압박하고 있었다. 그러니 나는 더욱 위축될 수밖에 없었고, 때맞춰 부모님께 안부 인사차 방문하는 일조차 부담이 되어 심적으로 괴롭기까지 하였다.

그날, 아버지는 내게 산책을 가자고 하셨다.

지금껏 그래본 적이 없어서 새삼스러우면서도 마음이 조금은 떨리기까지 하였다. 장성한 아들과 연로해져 가는 아버지가 함께 한가롭게 산책을 해본 적이 없기도 했지만, 순간 가슴이 뛸 만한 비주얼(visual)이 떠오르며 묘한 기분마저 들었다.

나는 사실 조금 긴장하고 있었다. 평소의 모습과 다른 제안이었고, 어린 시절을 제외하고는 기억에 없는 장면이었으니 무언가 있다는 생각이 들기도 하였다. 아파트 단지를 벗어나 한동안 걸어가야 나타나는 공원으로 향했고, 작은 야산 위에 조성된 자연공원의 등성이쯤에 있는 정자에서 멈추었다. 그곳에서 봄이 한창인, 만개한 벚꽃이 동네를 온통 휘덮고 있는 풍경을 한동안 바라보았다.

아버지도 나도 말이 없는 채였다. 물론 아들로서 마땅히 내가 먼저 말을 꺼내거나 이런저런 이야기를 끌어가는 것이 자연스러운 모양새였겠지만 나는 평소에도 그런 아들이 아니었거니와 뭔가 평소와 다른 분위기를 감지했기에 긴장하고 있었으니, 더욱 말이 없는 상태를 유지 했었던 것 같다.

이윽고 아버지께서 말씀하셨다.

"너무 서둘지 말거라. 그리고 실망하지도 말아라."

아버지도 오래 별러서 큰아들에게 그동안 담아두었던 당신의 속마음을 힘들게 드러내셨을 것이다.

그때 그 순간 나는 다음 말이 나오기도 전에 그 말씀의 뜻이 느껴져서 순간적인 감정의 반응이 일어나고 있었다.

그동안 내가 어떤 상황에 있었고, 어떻게 처신하고 있는지 구체적으로 말씀을 드린 적은 없었으나 분명 무언가 뜻대로 되지 못하고 있고, 그래서 속을 끓이고 있다는 눈치를 채신 부모님은 나를 조심스레 살펴보고 계셨을 것이다. 자식이 무슨 생각을 하고 있는지, 어떤 상태에 있는지 세세히는 알 수 없다 해도 웬만큼 모를 부모가 어디 있겠는가? 그런 정도는 별로 어렵지 않게 알 수 있는 것이 부모의 능력이고 부모라면 쉽게 느끼고 알 수밖에 없을 것이라는 생각이 든다.

부모님은 그렇게 말없이 속을 끓이고 있는 큰아들의 모습을 지켜보면서 속으로 얼마나 안타까워하셨을까? 그 점을 생각하니 나 역시도 속이 상하는 일이었다. 불효가 따로 없었다.

평생 부모님 덕으로 살아왔음에도 한참이나 성장한 그때까지도 부모님을 편안하게 해드리지는 못할망정 이리 부모님 속을 불편하게 해드린다는 것에 더욱 슬펐다.

"일이 잘 안 될 때는 누구라도 어쩔 수 없는 법이다. 어쩌겠니? 안 되는 일을 억지로 해볼 수도 없으니…."

조금 틈을 두시더니 이렇게 말씀을 이으셨다. 그리곤 두툼한 봉투 하나를 내미셨다. 나는 그 봉투를 선뜻 받을 수가 없었다. 분명 그 봉투 안에는 돈이 들어있을 것이다. 언뜻 보아 적지 않은 액수일 것이라는 생각을 순간적으로 하였다. 아버지는 그 말씀 끝에 봉투를 건네시면서 눈빛으로 얼른 받으라는 표시를 하셨다.

나는 속으로부터 뜨거운 무언가가 북받쳐 오르는 것을 느꼈다. 또 눈가로 힘이 들어가면서 코가 찡해지며, 눈시울이 무겁고 뜨거워지면서 눈물이 핑 도는 것을 느끼고 있었다.

그러나 어금니를 꽉 물고 애써 참으면서 아버지로부터 시선을 외면하며 하늘 쪽으로, 꽃이 활짝 피어 환하게 주위를 비추고 있는 벚나무 가지를 맥없이 올려다보았다.

아버지도 내게서 시선을 돌리고 나와는 다른 방향을 바라보시며, 당신의 오래전 일을 나직이 말씀하셨다.

나는 기억이 날까 말까 한 일이지만, 우리 집이 경제적으로 어려웠던 시절, 아버지는 가족의 생계를 위해 무어라도 해야만 했기에 경험도 없이 시장에서 물건을 파는 장사를 시작하셨을 때, 손님에게 물건을 사라고 소리를 쳐야 하는데, 처음엔 그 소리가 안 나더라는 말씀을 하셨다. 그렇게 머뭇거리며 한동안 여기저기 기웃거리기만 하셨다는 생전 처음 들어보는 아버지 과거의 일을 들려주셨다. 유쾌하지 못한 과거의 일을 꺼내면서까지, 어쩌면 당신의 마음 아픈 오래전의 경험담을 굳이 자식인 나에게 말씀해 주시는 이유를 충분히 짐작할 수 있었다.

안타까운 처지에 있는 자식에게 용기를 주고 자식을 격려하기 위해 이렇게 애를 쓰고 계신 것이었다.

내게는 부담을 덜 주려 노력하시면서도 꼭 필요한 것을 느끼도록 하여 지금의 어려운 상황에 좌절하거나 힘겨워하지 말라는 말씀이었다. 그리고 앞으로 기회가 올 것이니 현재의 부족하고 어려운 형편을 잘 이겨내라는 메시지를 전달하고 계신다는 것을 나는 충분히 이해하고 새겨들을 수 있었다.

짧고 간결한, 그러나 자식인 상대방의 마음과 자존심에 손상이 가지 않도록 조심하고 절제하면서 부드럽지만 강한 위로를 전해 주고 있다는 것을 나는 잘 느꼈다.

통곡하고 싶을 만큼 감사했다. 마음 한편으로 저며 오는 부끄러움과 죄송스러운 심정만큼이나 나는 모든 것을 내려놓고 마음 한켠의 무거움이 씻겨지는 듯한 기분을 경험할 수 있었다.

그 후 나는 아버지와의 이런 비밀스러운 에피소드를 누구에게도 말하지 않았다.

어떤 식으로든 누군가에게 가볍고 쉽게 드러내거나 표현할 수가 없었고, 나만이 간직하고 싶었다. 아버지께서도 이 일을 어머니에게 조차 말씀하지 않으셨다. 큰아들의 위신과 자존심을 살려주시려는 아버지의 깊은 배려를 난 너무나 잘 알 수 있었다. 지금도 그 일을 떠올리면서 그때는 그렇게 반응하지 못했지만, 홀로 펑펑 소리 내어 울기도 한다. 그때로부터 20년쯤 되어가는 지금도 여전히 생생한 그 날의 감정을 잊을 수 없으며, 지금도 그 일은 나에게 눈물의 카타르시스를 반복하여 경험하게 하고 있다.

이제 아버지께서 자식들 곁을 떠나가신 지 한 해가 다 되어가고 있다. 그때 그 봄날처럼 다시 벚꽃이 만개하여 온통 세상을 환하게 비추고 있는 지금, 잊을 수 없는 그 봄날의 기억이 더욱 생생히 살아나고 느껴지니 나는 절절한 기분에 휩싸인다.

그동안 벚꽃이 만개하여 화려한 봄날이었던 그때 그 봄날은 벌써 수없이 왔다가 지나갔고, 아버지가 안 계신 중에도 이리 또 와 있다. 그리고는 곧 또 가버리겠지..

아버지가 몹시 그립다. 봄날이 가고 있다.

봄날은 간다(2)-아버지의 시간

봄이 한창이다. 그리고 봄꽃의 향연은 화려하다 못해 절정을 이루고 있는 중이다. 지금 휘날리는 벚꽃의 군무를 보는 이들은 마음이 동요하지 않고는 못 배길 것 같은 봄의 한가운데에서 한창 들떠 지낼 것이다. 그런데 마치 한순간에 확 피어올라 절정을 이루었다가 지기 시작하는 벚꽃의 개화는 한편으로 마음 한쪽이 무너져내리듯 만들기도 한다. 이보다 더 화려할 수 없는 봄의 시간도 그리 오래 머무는 것이 아니어서, 귀하고 들뜨게 하는 것들은 아주 조금만 보여주며 가듯이 이 봄의 화려한 향연도 곧 사라질 것 같은 불안감이 조금씩 마음속에서 일어나고 있다.

나는 요즘 가끔이지만 '봄날은 간다'라는 노래를 부르곤 한다.

지금은 이 세상 사람이 아닌 원로가수 백설희 선생이 오래전에 부른 노래지만, 요즘도 여러 가수가 제각각의 목소리로 재해석하여 부르고 있다.

나는 이처럼 꽃이 만개한, 화려하면서 생기가 넘치는 봄날에 눈물이 핑 돌고 뭉클해지곤 하는 모순된 감정에 사로잡혀 빛나고 찬란한 봄날을 새삼스레 깊이 느끼면서 이 노래를 흥얼거린다. 그리고 노래를 부를 때마다 구슬픈 감정을 경험하며 가슴을 적시곤 한다.

돌아가신 아버지는 이 노래를 불러나 보셨을까?

아버지도 이런 봄날, 봄꽃이 온통 세상을 빛나게 하는 날에 노래를 부르고 들으면서 감상에 젖으셨던 적은 있었을까? 그런 생각을 하다가 이내 아버지와 긴 세월을 함께 보냈으나 아버지에 대한 사사로운 부분을 나는 별로 알지 못한다는 사실을 확인하며 자식으로서 나의 무심함에 대해 죄스럽고 서글퍼진다.

아버지는 고단했을 삶을 사시는 동안 빛나고 화려했던 봄날에, 그리고 다시는 오지 못할 것 같은 봄이 가고 있는 봄날에 어떤 심정으로 그런 봄날을 바라보며 마음속의 동요를 느끼셨을까? 아버지는 삶의 많은 부분을, 가족과 자식들을 위해 노심초사하며 그 걱정으로 인해 당신의 감정이나 생활 속의 여유를 무수히 포기하셨을 텐데, 그런 아버지의 심정을 나는 이제야 고작 잠시 생각해보는 중이다.

아버지의 봄날, 아버지가 마음에 일어나는 반응을 그대로 받아들이며 느꼈을 그 봄날, 또는 삶이 행복하고 편안하여 얼마든지 즐거웠을 그런 봄날, 그 봄날은 어떠하였을까?

지금 나 역시 나이 들어가며 예전 같지 않다고 생각해보면서, 아버지의 봄날과 자식인 나의 봄날은 어떠할까를 서로 비교해본다. 같을까, 아니면 다를까?

분명 봄이란 계절을 놓고 바라보는 봄에 대한 감정은 크게 다르지는 않을 것이다. 아버지의 마음은 잘 알 수 없다고 하여도 아버지 역시 젊은 시절부터 오랜 세월 살아오시는 동안 다소의 차이는 있었을지언정 자식인 내가 그간 경험하던 감정들과 별반 다르지 않게 느끼고 반응하셨을 것으로 생각된다.

언젠가 어머니께서 "너희 아버지 참 웃기는 양반이다."라고 하셨다.

아버지께서 봄에 꽃이 피면 수시로 아파트 단지와 주변을 돌아다니시며 꽃구경을 하셨다고 하였다. 그리고 돌아가시기 몇 달 전인

지난해 봄에도 살고 있는 아파트 단지와 주변 단지를 잇는 도로를 따라 벚꽃 나들이까지 하셨다고 한다. 불편한 걸음걸이로 벚꽃이 흐드러지게 피어 화려함을 자랑하는 그 거리를 걸으며 느꼈을 심정은 어떠하셨을까? 물론 찬란하게 만개한 꽃들이 궁금하고 또 몸소 보시고 싶은 마음에 그러셨을 것이다.

어쩌면 이런 장면도 오래 볼 수 없으리라는 심정으로 발걸음을 움직이셨을 것을 생각하니, 아버지의 심사를 조금이나마 알 수 있을 듯하여 마음은 먹먹해지고 눈가는 아려온다.

얼마 남지 않은 시간을 예상하며 더는 마음에 담아두고 바라볼 수 없게 될지도 모른다는 절박함과 아쉬움을 내가 이해할 수나 있을까? 한 걸음 한 걸음 움직이는 순간순간의 반응과 정서는 내가 느낄 수 있는 경지와는 아주 다를 성싶다.

아버지의 가슴 속 정서를 느끼고자 하면 할수록 나를 자극하게 된다. 그 자극은 나의 가슴을 치며 내면에서 뭉클하게 치솟으며 코끝을 찡하게 한다. 내 마음에 그려진 아버지의 모습과 실상을 다시금 헤아려 본다.

정 많고 감정에 솔직하며, 흐드러진 봄꽃의 아름다운 풍광에 가슴 뛰는 것을 마다하지 않았을 인간미 넘치는 한 남자의 모습. 한 번이라도 아버지의 그런 모습과 실상을 제대로 떠올려 보지 못했던 부실한 아들의 사려 깊지 못한 마음 씀씀이가 부끄럽고 죄송할 뿐이다.

이런 아버지와 꽃비가 내리고 빛나는 어느 봄날에 함께 자연스럽게 걸으며 쌓았던 추억이라도 있었다면 이렇게 답답하지는 않을 것이다. 살갑게는 아니더라도 당신과 함께 단 한 번이라도 앞서거니 뒤서거니 하면서 부자유친(父子有親)의 시간을 가졌더라면, 가볍게라도 친근한 경험을 할 수 있었다면 얼마나 좋았을까?

생각을 해본다. 그렇게 잠깐이라도 함께 보낸 시간을 가져보았다면 지금 이렇게 이룰 수 없는 바람에 대해 안타깝거나 아쉬움이 크게 느껴지지는 않을 것이다.

나는 이제껏 무엇을 하느라고 아버지와 함께 할 시간조차 만들어볼 생각도 못한 채 살아온 것인가?

그 긴 세월을 이렇게 허투루 지내오고 말았다는 생각에 마음만 답답할 뿐이다. 찬란하게 빛나는 봄날이 오고 또 가려 한다. 나이를 여한 없이 먹었어도 여전히 들뜨게 만드는 이런 봄날, 봄의 절정이 더욱 간절하게 느껴지기만 하는 날에 나는 아버지와의 추억 한 자락 떠올릴 게 없고, 이제는 더 이상 그런 추억을 만들 기회조차 없다.

즐거움과 슬픔이 겹치는 삶의 궤적으로 쌓아 올린 지난 세월에 지금 느끼는 덧없는 그리움이 더해지고 가없는 서글픔이 밀물처럼 밀려온다. 아버지께서 다시는 돌아올 수 없는 곳으로 떠나셨음에도 이 순간 삶의 기억과 지난날의 흔적들은 아버지의 부재(不在)에도 여전히 새록새록 쌓이고 있다.

이것은 통한의 그리움인가, 회한의 그리움인가? 아니면 스스로 자신을 삭이며 정화해가는 깊은 씻김의 그리움이 되어가는 것인가? 어리석은 눈물이 눈가에 흐른다.

아버지, 봄날이 가고 있습니다.

지금 이처럼 흩날리는 꽃잎들의 화려한 율동과 춤사위를 혹시 보고 계시는지요?

묘비문(墓碑文)

묘비문은 무덤앞에 세우는 비석에 돌아가신 분의 성명, 신분과 행적 등에 대한 내용을 새긴 글을 말한다. 묘비명(墓碑銘) 또는 묘갈명(墓碣銘)이라고도 한다.

우리 옛 조상들의 묘비문에는 그분들의 일생이 요약되어 있다. 집안의 역사가 간략히 소개되는데, 집안 내력으로 멀게는 가문의 시조로부터 직계 선조님들을, 가까이는 아버지, 조부, 증조부 등에 대한 관직과 행적에 대해 기록하고, 친가뿐 아니라 외가에 대해서도 최소한 증조부까지는 기본으로 서술하면서 묘비의 당사자에 대한 생애와 행적을 핵심적이고 구체적으로 서술한다.

짧은 전기(傳記)라고도 할 수 있다.

실제 묘비문이나 묘갈명을 읽게 되면 그분의 생애와 행적에 대해 어느 정도는 소상히 알 수 있다. 또한 그 글을 서술한(撰) 분의 문장력이나 학문 수준에 따라 그 글의 깊이와 품격이 달라지기도 하니, 묘비문 쓰실 분을 선정할 때 돌아가신 분과의 관계를 파악하여 서로 잘 알면서 문장(文章)이 뛰어난 분을 고려하여 청탁하거나 학문과 문장을 고려하여 특별히 부탁하기도 한다.

노벨문학상을 수상한 영국의 희곡작가이며 비평가인 버나드 쇼가 남긴 묘비명처럼 자신의 생애에 대해 "우왕좌왕 살더니 이리 죽을

줄 이미 알았노라."고 어처구니없게 적도록 하지는 않는 것이 선조들의 진지함이다. (물론 이 묘비명은 현대 서양인의 것이고, 관심을 끌려는 목적으로 실제 내용과 달리 지나치게 의역(意譯)하다 보니 오류가 발생한 듯하다.)

자신의 운명이며 피할 수 없는 고결한 탄생에서부터 최선을 다해 살다가, 세상에서의 직위나 업적 자체에만 매몰되는 것이 아니라 모든 행적에 의미를 두고 기록하는 것이 우리나라 묘비문의 내용이다. 따라서 우리 선조들의 묘비문은 역사적 기록문학이며, 개개인의 전기이다. 묘비문을 쓰고자 한다면 묘의 주인에 대한 거의 모든 내용을 알고 있어야 하며, 충분한 이해가 되어야 제한된 공간에 제대로 적을 수 있다. 그러니 묘비문을 쓰려면 막중한 책임감과 집중력, 그리고 심혈을 기울여야하는 창작의 고통을 수반할 수밖에 없을 것이다.

아버지는 당신의 9대조이며 형제분들이신 진보공[휘(諱) 진(璡)]과 연기공[휘(諱) 린(璘)] 두 분 할아버지의 묘비를 교체하면서 스스로 묘비문을 쓰셨다. 아버지는 일생을 두고 할아버지들에 대한 기록을 수집하고 읽고 내용을 익히면서 종중(宗中) 누구보다 상세하게 선조(先祖)의 행적을 꿰고 계신, 자타가 공인하는 '보학전문가(譜學專門家)'이시니 그 누구보다 우선으로 묘비문을 쓰실 자격이 있고, 선조에 대한 숭모정신(崇慕精神)과 종사(宗事)에 대한 애정과 관심도로 볼 때, 역시 대체할 분이 없다고 할 것이다.

그런데도 아버지는 당신의 재주와 세속적 지명도를 염려하셨던 것 같다. 이를테면 사회적 타이틀(title)이랄까, 아직도 존재하는 성균관에 소속되어 있거나 그에 준하는 위치를 염두에 두신 것인지도 모르는데, 두 분 할아버지의 묘비를 교체해야 하면서도 그 묘비문을 쓰시는 일에 매우 주저하신 듯하다.

　오래전 나의 할아버지 산소를 사초(莎草)하면서 묘비를 교체할 때와 7대조 정산공의 오래 된 묘비를 새로 수립(竪立)할 때, 아버지께서는 직접 묘비문을 짓지 않으시고, 두 분 선조에 대한 관련 기록들을 정리하여 당시 성균관에 계신 집안의 어른에게 청탁하여 쓰시도록 하였다.

　그러나 이번에는 묘비명을 쓰실 마땅한 분을 찾지 못했거나 여의치 못한 상황이었는지, 직접 묘비명을 쓰셨다. 또한 진보공(諱 璡)과 연기공(諱 璘), 두 분 선조님은 아버지와는 생가(生家)와 가계보(家系譜)상의 직계손(直系孫)으로 연결된 할아버지들이시니, 누구보다 잘, 많이 알고 있는 선조님들이라 할 수 있었다.

　아버지와 나는 연기공(諱 璘)의 직계후손이다. 그러나 7대조 정산공(諱 必敎)의 생부(生父)인 8대조 진사공(諱 檣)은 진보공(諱 璡)의 둘째 손자로서, 원주공(諱 琛) 가(家)의 장손으로 양자를 오시어 후사(後嗣)가 된 것이기 때문에, 아버지와 나는 연기공의 직계손이지만, 진보공은 생가로 직계조가 되는 것이다. 이렇게 직접 관련된 후손으로서 누구보다 가문의 내력과 계보를 정확히 꿰고 있는 아버지는 남에게 맡기기 보다는 스스로 묘비명을 쓰기로 하신 것 같았다. 그런데도 이를 송구하게 생각하셨던 듯하다. 누가 대신하기도, 더 잘 할 사람도 마땅하지 않은 상황에서 아버지는 매우 막중하고 중요하게 여기시는 일을 몸소 하시기로 하셨으나 이렇게 스스로 송구하게 여기신 것이다. 그러하니 자연스럽게 "불초(不肖)라는 말을 통해 당신의 심정을 표현하셨을 것이다.

　본래 불초(不肖)는 '아들이 아버지만 못하다.'라는 뜻을 담고 있다. 그리고 '불효하다', '재목(材木)이 아니다' 등의 뜻도 포함되며, 자연스럽게 '자신을 낮추는 겸사(謙辭)'의 의미를 표현하는 것이다. 이는 예전부터 자신을 낮추는 것이 지당한 미덕이었던 유교적 이념으로나, 한편 어른에 대한 존경과 범접할 수 없는 여러 면에서의 존경심과 외경심(畏敬心)을 떠올릴 때 자연스럽게 그런 태도가 나오게 되어 있는 법이거니와 이는 숭조(崇祖)와 충효 사상의 기본자세인 셈이다.

"광복(光復) 갑신(甲申) 2004년 10월 3일 9대손(九代孫) 불초(不肖) 신양(信暘) 근찬(謹撰)"

나는 그날 아버지를 따라 남양읍 북양리 선영엘 갔다. 비석이 오래되어 그 비문이 풍화(風化)로 마모되고 사라짐으로써 내용을 파악할 수조차 없게 된 두 분 할아버지의 비석을 교체하는 작업에 참석하기 위해서였다. 새로 만든 비석을 중장비까지 동원하여 예전 것과 교체하였고, 일은 마무리되었다.

나는 그때 분명하고 똑똑히 볼 수 있었다.

그동안 낡고 구실을 하지 못하는 오래된 비석을 교체조차 하지 못하고 있던 불효(不孝)를 이제야 해낼 수 있게 되었다는 데 대한 송구함과 더불어 만족해하는 그 편안한 미소를. 평소에 그런 웃음을 내가 본 적이 있었던가 싶은 미소였다.

당신의 소명을 다했다는, 그래서 짐을 내려놓을 수 있어서 개운하고 안도하며 나오는 그 웃음은 그동안 당신이 해 오신 일들이 그러했듯 진정으로 당신의 마음 깊이에서 우러나온 웃음임을 나도 충분히 느낄 수 있었다. 이 또한 자랑스러운 아버지에 대해 자식으로서 뭉클하면서 송구스럽게 느끼도록 하는 부분이다.

한평생 열심히 사시고 정성을 다했건만 세상의 관심은 소홀하기 짝이 없는 가운데, 당신께서는 스스로 자신이 해야 할 일을, 하고자 하는 일을 하시다 돌아가셨다. 이것도 소신 있는 삶이요, 지조 있는 삶이라 여겨진다.

이런 분을 아버지로 둔 것에 자식으로서 얼마나 자랑스러운가.

사리(私利)를 따지고 그 비중을 계산하는 속된 무리가 넘쳐나는 세상천지에서 이런 순수한 분이 어디 있을까 싶다. 조상님들께 무슨 큰 빚이라도 지고 이 땅에 태어나신 것인가? 물론 모두가 다 그렇지는 않을 테지만, 그래도 대다수가 선택적으로 자신에게 유리하고 편한 방식을 선택하고자 하는 세상에서 그 어떤 계산 공식에도 맞지 않을 일을 당신의 비용으로 스스로 해내시면서 그리 기뻐하시니, 내게도 그 선한 영향이 전해지지 않을 수가 없다.

그러나 아무리 이런 분의 자식이라도 그대로 닮거나 물려받지는 못할 터, 내가 얼마나 아버지를 따라갈 수 있을지는 장담할 수 없다. 다만 잊지는 말고, 할 수 있는 한 최대한으로 노력하려 할 수밖에 다른 길은 없을 듯하다.

불초(不肖)

    옛 어른들의 글을 보면, 대부분 끝마무리에 '불초(不肖)'라 쓰고 끝을 맺는 것을 보게 된다. 고위(高位)의 직(職)에 있거나 학문이 높다고 알려진 분들도 일관되게 그렇게 하고 있다.

    본래 불초(不肖)는 '아들이 아버지만 못함' '불효함' '재목(材木)이 못됨', 그리고 '자신을 낮추는 겸사(謙辭)'라는 뜻을 담고 있거니와, 타인이 아닌 주로 아버지나 혈손 관계의 집안 선조를 대상으로 쓰는 것임을 쉽게 확인할 수 있다. 기본적으로 세상의 사리에 대해 자신을 낮추고, 어른이나 공경의 대상에 대한 지극한 겸양의 의미를 담고 있다. 따라서 이의 뜻을 알고 있어야 할 뿐만 아니라 평소에도 이를 마음에 담고 아버지나 선조들에 대한 숭모의 마음을 담아 자연스럽게 표현해야 하는 일상어와도 같은 말이라 하겠다.

    오래전의 기억이다. 해마다 시월(十月)이면 조상님들에게 시제(時祭, 또는 時享)를 올린다.

    어느 해인가의 시제에서 내가 경험했던 이야기이다.

    우리는 조상님을 모시는 일을 체계적이고 조직적으로 해내기 위해 종친회 또는 종중을 설립하여 해마다 선조의 시제를 모시는 일뿐 아니라 산소를 관리하거나 선조들의 유물이나 유업을 계승 발전시키는 일과 더불어 종중의 재산을 관리하고 관련한 부대사업을 한다. 이는 조상님들을 숭모(崇慕)하는 효(孝) 사상과 함께 집안의 전통적인 가치를 보존하고 현창(顯彰)하는 일이라 할 수 있다. 그날은 종중의 정기적 활동의 하나인 가을 시제를 모시는 날이었다.

시제를 지내는 도중(途中), 누군가가 묘비의 내용을 보며 하는 말이 들려왔다. 나는 이곳의 사정을 잘 알고 있는 편이기에 그 내용이 무엇에 대한 것인지 곧 알 수가 있었는데, 다른 것도 아닌 나의 선친께서 묘비문(墓碑文)을 쓴 묘비 내용을 두고 하는 이야기였다.

"굳이 여기에 '불초'라는 말을 써야 하는 거요?"

누군가가 '불초'라는 말이 문제가 있다는 듯이 말하는 소리를 들을 수 있었다. 나는 돌아서서 그 사람이 누구인지는 확인하지 않았다. 그러나 그분은 종친 중의 한 사람으로 아마 나도 잘 아는 누군가일 것이었다. 순간 나는 매우 실망하였다. 종중 행사나 시제에 참여하는 사람들은 나보다 나이가 많은 사람들이 대부분이었는데, 여러 사람들 속에서 그런 말을 쉽게 거론할 수 있는 사람이라면 나이가 꽤 많은 사람일 수밖에 없다.

그런데 아무리 무관심하고 이런 쪽에 지식이 없으며, 기본개념이 약하다 해도 그렇게 허술하고 쉽게 자신의 부족함을 드러내고 있나 싶어 속으로 한심하다고 생각하였다. 그저 나이만 먹었지, 나이에 걸맞지 않게 무지한 인식이며 태도가 아닌가 싶었다.

더욱이 그것을 쓴 사람이 누구인지 뻔히 알 수 있지 않은가. 비문의 마지막 부분, 그 글을 쓴 사람 이름 앞에 붙은 '불초(不肖)'를 보고 하는 말이니 누가 쓴 것인지 알고 있으면서, 그리고 그분이 자신보다는 더 어른이라는 것도 이미 알고 있으면서 무엇이 불만이거나 아니면 틀린 부분이라도 찾겠다는 심사에 불과한 태도로 그런 언급을 하고 있으니 답답하다 못해 측은하다는 생각마저 들었다.

　나이가 들면 좀 더 진중해지고 참을 줄도 알며 세상사에 대해서도 지혜롭고 너그럽게 대해야 하거늘, 실망스러운 기분이 들었다. 아버지가 쓰신 그 묘비문에 대해서 여러 가지로 느끼는 바가 크고 뜻깊게 여기고 있던 차에, 그 어떤 불평객의 이해하기 어려운 태도에 불쾌하기까지 하였다. 상대할 가치를 느끼지는 않았지만, 그 언짢은 기억은 지금까지도 남아있다.

　우리가 현재의 나를 넘어서 아버지, 할아버지, 그리고 그 이상의 선조들을 기억하면서 대대로 이어오는 정신과 그 뜻을 새기고자 할 뿐만 아니라 이것이 주는 여러 영향력과 그로 인해 파생하는 다양한 가치들을 통해 더 나은 내일이나 미래를 바라보려는 생각과 말과 행동이 필요하다. 그런데 이런 속 좁고 어리석은 인식을 가진 채 집안[宗中]의 행사에 참여하는 것은 무슨 이유인가 싶었다.

　자식은 늘 부모보다 부족함을 느끼면서 더 나아지려 하고, 부모의 뜻을 제대로 따르지 못해 송구하고 죄스러워 한 옛 어른들의 태도와 마음은 우리를 지탱하거나 더욱 성장하도록 하는 원천이 될 수 있다. 눈앞의 실리와 실용성이 드러나는 일도 아니고, 그런 것은 애초에 기대할 수도 없는 일이 집안과 선조들을 기리는 일들인데, 옛 선조들은 한결같이 그런 자세와 정신으로 자신의 생애와 세속적인 삶과 출세를 도모하면서도 의무처럼 결코 소홀히 하지 않은 일이었다. 그런 일을 하기 위해서는 먼저 정신 자세부터 갖추어야 하며, 그렇게 무장이 되어 있지 않으면 제대로 해내기는 어려울 수밖에 없다.

　이제 나도 나이를 먹어가면서 지금까지의 생활과 달리 전에는 시간이 없고, 하고 있거나 해야 할 일이 많아서 하지 못하겠다고 핑계

삼았던 그 조건에서 벗어나야 할 때가 다가오고 있음을 느끼고 있다. 그러다 보니 아버지로부터 배운 바를 조금씩 따라 하면서 다소라도 이어갈 수 있기를 스스로 기대하며 살아가는 중이다.

그동안 배운 것이나 할 줄 아는 것이 많지 않으니 답답함도 있다. 그리고 주변 사람들은 대개 이러한 것에는 무지하고 관심도 없는 듯하다. 그런 이유로 내가 애쓰는 일에 동의하거나 동조하고자 하는 사람들이 적어 보이기 때문에 마음의 짐이 늘어나기도 한다.

그러나 나는 스스로 제한이 있고 능력이 부족하다는 사실을 잘 알고 있으면서도, 결코 마다할 수 없는 내 임무로 받아들이려 노력하는 중이다. 그러면서 시간이 흐를수록 차츰 나아지리라는 기대 또한 가지고 있다. 앞으로 할 수 있는 한 열심히 하도록 노력하려 한다. 그렇더라도 어디 아버지에 미칠 수 있을까?

아버지가 처했던 현실적 핸디캡(handicap)에도 불구하고 그간에 해내신 성과들을 보면 엄두가 안 나는 일들이 수두룩하다.

따라서 나는 아버지를 떠올릴 때마다, 늘 '불초(不肖)'가 입에 붙어 따라다니게 될 것이다, 겸손의 마음이 아니라 그분의 뜻과 태도를 따라가고자 한다면 어디 감히 범접할 수나 있겠는가 하는 생각이 들어서이다.

아무튼 이런 강력한 스승이 계시니 그 제자 또한 근처까지라도 갈 수는 있을 터이다. 강한 장수 밑에 약졸이 없다고 했듯, 뛰어난 스승 밑에 그를 닮은 제자가 나타날 수 있는 법이니 참 다행이라 여긴다.

아버지의 아침상

거의 십 년쯤 전에, 어머니가 넘어지면서 허리를 심하게 다치셨다. 이미 골다공증 증세가 있어서 그에 대한 약을 드시며 조심하는 중이었는데, 어느 날 쓰레기 분리수거를 하기 위해 카트에 분리수거 할 쓰레기를 잔뜩 싣고 가다가 카트와 함께 넘어지며 허리를 다치신 것이었다.

불과 몇 개월 전, 나이가 점점 많아지는데 나이 드신 부모님이 따로 사시는 것에 마음이 쓰여 다른 이유와 함께 우리와 합가(合家)하는 문제를 상의드렸다가 단번에 거절당한 일이 있었는데, 이런 일이 터진 것이었다. 아직은 두 분이 충분히 지낼 수 있다는 이유로, 그리고 같이 사는 문제는 젊은 우리나 부모님이나 어렵고 불편하기가 마찬가지인 데다 또 다른 문제가 있기도 했으니, 마음 쓰이고 불편한 동거에 대해 오래전부터 거부 의사가 있기는 하였다.

그러나 어머니가 다치시니 매우 공교롭기도 하였다. 우려하던 일 가운데 하나가 발생한 것이다. 또한 당장에 어머니의 고생뿐 아니라, 아버지의 일상생활도 문제가 되었고 이를 해결해야 하는 문제도 부수적으로 생겼다. 별다른 대책이 없는 가운데, 어머니는 오랫동안 병원 치료를 받아야 했고 근처에 사는 여동생이 수시로 드나들며 어머니와 아버지를 보살펴야 했다. 요가 강사로 활발히 활동 중이었고 또 그 지역의 협회 책임자로 바쁘게 본인의 일을 하면서도 건강이 걱정될 정도로 힘겹게 친정 부모까지 양쪽으로 챙기며 지내야 했다. 남자 형제들은 모두 멀리서 살고 있고 제각각 할 일들이 있으니 여동생만큼 신경 쓰거나 찾아뵐 수도 없었다. 그야말로 여동생에게는 독박인 셈이었다.

이런 식으로 꽤 시간이 흘렀다.

나이 든 사람이 허리를 다친다는 건 말할 나위도 없이 매우 큰 일이다. 활동도 못 하니 누군가가 곁에서 적극적으로 챙겨야 하고 건강 상태는 악화되는 쪽으로 진행할 것이며 마음의 의지도 그만큼 약해지게 된다. 한편 아버지는 고령인 데다 옛날식의 생활방식에 익숙하시고 식사를 스스로 챙기거나 하다못해 집안일을 하는 것도 서투르시니, 어머니의 빈자리가 매우 크게 마련이다.

이를 여동생이 대신해야 하는데 늘 곁에 있을 수가 없으니 이도 저도 불편한 상황은 개선되기 어려웠지만, 그나마 다행히도 동생의 희생적인 노력과 가족들의 다소의 협력으로 시간이 흐르면서 조금은 회복되어가니 상황은 그런 대로 나아지고 있었다. 당연히 예전처럼은 아니지만, 어느 정도 거동하고 조금씩 살림을 거드는 정도로의 복귀다. 그러던 중, 골다공증 증세 탓으로 허리 요추(腰椎)의 한 마디가 부스러지는 상황이 다시 발생하였다. 그래서 치료받고, 퇴원하고, 또 입원하는 생활이 한동안 반복되었다.

그런 와중의 어느 날이었다. 동생은 두 집을 왕래(往來)하는 분주한 생활을 줄이기 위해서라도 오히려 두 분을 동생 집으로 모셔서 지내기도 했는데, 아버지는 딸네를 남의 집이라 여기시는지, 불편해하시기도 했고, 한편으로 그간 진행하고 있던 옛 선조의 유고 문집을 번역하고 정리하던 일을 지속해야 하는 이유로 굳이 집으로 가시곤 했는데, 그날도 어머니는 병원에 입원하시게 된 상태에서 아버지 혼자 집에 계시게 되었다.

나는 그날 어머니가 입원한 병원으로 가서 병문안한 다음 아버지와 하룻밤을 지내기로 마음먹고 아버지에게로 내려갔다. 저녁 무렵, 어머니 병문안을 하고 아버지께 가서 그날 그곳에서 자기로 한 것이었다. 그리고 다음 날 아침에 일어나면 아버지 아침 식사를 챙겨드린 후 출근하려고 마음을 먹고 있었다.

학교 수업은 오후에 있으니 시간은 충분히 여유가 있었다. 나와 아버지는 대화를 많이 하는 사이도 아니고, 나는 그런 것에 서투르니 잠깐의 얘기만 나누고 말았다. 아버지는 내게 내일 몇 시에 나가는지 물으시기에 9시쯤 나가면 된다고 했다.

다시 말해 아침에 충분히 시간 여유가 있으니 다른 때처럼 서두를 필요가 없었고, 내가 아버지의 식사를 챙겨드리고 갈 거라는 말은 안 했지만, 그럴 예정으로 여유 있는 시간을 말씀드렸다. 그리고 아버지는 주무시고 나는 평소처럼 TV를 보다가 12시가 넘어 잠들어, 아침 7시쯤에나 일어나려 하였다.

그런데 다음 날 새벽, 아마 6시쯤인 듯했다.

기척이 있어 눈을 뜨니 아버지가 부엌에서 식사 준비를 하고 계셨다. 식탁에 냉장고에 있는 반찬들을 그릇에 옮겨 담거나 있는 그대로 내놓으며, 동생이 아버지 드시라고 냄비에 담아두었을 사골 국도 데우고, 전기밥솥에서 밥을 푸고 국을 따로 퍼서 아침상을 차리고 계셨다.

나는 깜짝 놀랐다. 내가 일부러 아버지를 위해 아침 식사를 챙겨드리려던 계획이 거꾸로 되어 가는 상황이었다. 내가 어제 분명 9시 넘어 나가면 된다고 말씀드린 것 같은데, 아버지는 이를 9시에 수업이 있다는 말로 들으신 것인가? 아들이 출근하기 전에 아침을 먹여서 보내려고 새벽부터 일어나 아들의 아침상을 차리시는 눈치였다. 식사를 하고 7시쯤에는 나가야 학교든 어디든 갈 수 있을 것으로 판단하셨을 것이다.

순간 너무 놀라서, 화가 날 뻔하였다.

평소에 당신 식사를 직접 챙기시질 않아서 어머니의 투정과 원망을 들으시던 분이, 건강 상태마저 썩 좋지가 않아서 염려되는 상태인데, 그리고 나 역시 제대로 하는 것은 아니지만, 내 손으로 아버지의 식사를 차려 드리려고 하룻밤을 잤던 것인데, 이 모든 계획이 틀어져 버린 데 대해 순간적으로 심경이 복잡해졌다. 그러면서 동시에 이 모든 사태의 속뜻도 곧바로 파악할 수 있었다.

나는 결국 아버지가 차려주신 식사를 하였다.

한바탕 울음을 쏟을 뻔하였지만, 그대로 밥을 먹었다. 물론 아버지도 익숙한 상황은 아니었을 테니 상을 차려놓고 방으로 들어가 다시 누우셨지만, 내 어찌 그 뜻을 모르겠는가? 집안이 온통 환자와 어수선한 살림 환경으로 불편하기 짝이 없었으나 오직 아버지는 아들이 출근 전에 아침을 먹게 하여 보내려는 마음뿐이었을 것이다.

그런데 이 상황이 보통이 아니라 특별한 것이 문제라면 문제다. 아무리 그러해도 장성한, 아니 나이가 오십 중반이 넘은 중늙은이인 장남의 아침 식사를 염려하고 정상 컨디션이 아닌 90세를 바라보는 아버지가 챙겨주는 이 상황, 이 시츄에이션(situation)을 어떻게 서술하고 설명할 수 있겠는가?

이런 기막힌 아침 성찬을 받은 나는 무엇인가?

내가 그런 호사를 받고 누려도 되는 것일까? 그럴 자격이나 있는 것인지, 그저 아버지의 무조건인 내리사랑을 받기만 하면 되는지 도

무지 마음은 흔쾌할 수 없었다.

한동안 먹먹한 심정이었다.

그저 기쁘고 감사한 상황으로, 또는 한(恨) 되고 죄스럽고 되갚지 못해 서글프고 송구한 기억으로 간직해야만 하는 것인지. 그 어느 쪽도 맞거나 틀리거나 상관없이 이런 특별하고 기막힌 일 앞에서, 이런 소중한 사건을 대하면서 나는 어떻게 반응해야 할지, 잘 알 수가 없었다.

단지 이렇게 죄송하고 미안하고 또 고마운 아버지에 대한 기억만을 내 가슴 한켠에 쌓아 두게 되었을 뿐이다.

제4부 아버지의 서재

아버지의 서재

아버지와의 인사

목민심서

위대한 할머니들

아버지와 아들-유정공과 정산공

송학리 선영과 정산공

아버지의 유산

아버지의 서재

1.

지금 아버지의 서재(書齋) 방(房)은 정적이 흐르는 채 고요하다.

벌써 주인이 사용하지 않고 비워둔 흔적이라도 느끼게 하려는 듯 차가운 기운까지 감돌고 있다. 여전히, 꺼진 상태의 컴퓨터와 필기 하거나 메모에 필요한 각종의 문방사우(文房四友)는 그대로 책상 위 에 정돈되어 자리를 차지하고 있지만, 의자의 주인은 없는 채이다. 집에 들어와 아버지의 방문을 노크하고 문을 열라치면, 돋보기 너머 로 밝은 표정이 역력하게 "큰아들 왔남!" 하시면서 반겨주시던 아버 지만 안 계신다.

한참 진행 중인 작업이 있는 듯이, 오래된 고문서와 원본이 아닌 복사한 옛 한문 서적들, 보기에도 어려워 보이는 고문서 여러 권이 옆 보조 책상에 쌓여 있고, 분류해 놓으신 것이라고 쉽게 알 수 있는 여러 개의 대(大)봉투에 담겨있는 빼곡한 자료들도 그 한켠에 차곡 히 쌓여 있다.

방문을 슬그머니 열고 아버지가 안 계신 서재 방에 들어서면 왠지 모르는 서글픔과 답답함이 몰려온다. 옛적 한 선현께서 산천은 유구 하나 인걸은 간 곳 없다고 읊었던, 시(詩) 구절과 상황이 딱 들어맞지는 않아도, 유사한 정서가 엄습하는 것이다.

이 방의 주인이신 나의 아버지가 이 세상을 떠나신 지도 2년이 되어가고 있다. 얼마 전까지도 계셨고, 시간이 흐를수록 예전 같지는 않으셨어도 꾸준히 그 방에 들어가셔서 숱한 자료들을 살펴보시거나 컴퓨터에 이미 작업을 완료해 놓은 원고를 검색하여 문장을 다듬고 교정을 보시곤 하셨던 그곳, 그 서재 방은 20년 넘게 아버지 후반 인생의 삶이 잔잔하지만 뜻깊게 스며들어 있는 곳이다.

2.

이곳은 아버지만의 아지트였고, 그 이전에 사셨던 삶의 다양한 경험들과 무수한 도전을 부딪치며 견디며 지켜낸 당신의 고결한 삶을 정리하는 안식처와도 같은 곳이었다.

인생이란 길고 먼 과정에서 평탄하게 제 뜻대로 잘 사는 사람들이 얼마나 될까마는 나의 아버지는, 나의 아버지여서 그리 보는 까닭도 있겠지만, 녹록하지 않고 불리했을 주어진 여건들을 그저 투정이나 이유를 대기보다는 아무렇지도 않게 받아들이면서 어떤 경우에라도 수용하고 대하며 당신의 길을 따르고 그 소임을 받아들이려 하신 듯 하였다.

따라서 나에게는 당신이 원하는 삶을 살 수 없었던 굴곡진 사연이 너무도 안타깝게 여겨지고, 무작정 세상에 대한 야속함마저 느껴지기도 했는데, 정작 당사자인 아버지는 초연하게 그 어떤 어려움이라도 맞닥뜨리며, 크게 깨달은 분처럼 견디는 삶을 사시는 듯이 여겨졌었다.

이런 분의 한때가 지나가고 노년기에 들어서면서 당신이 미뤄두었던 일을 비로소 시작하기 위해 집필활동을 본격적으로 하신 장소가 바로 이곳이다. 이곳에서 당신의 생애를 정리하고 정교화시키는 과정을 이루어 내면서 한때는 고단하기도, 때로는 낙심하기도 했고, 울분을 삼켜야 했을 때도 있었을 지난 시절의 생애를 내면의 다스림으로 수습하며 당신의 품격을 스스로 만들어 내셨다.

그렇게 함으로써, 당신의 인격과 인품은 누구보다 고결하며, 누추한 생활이었지만 떳떳하고 당당한 삶을 사셨던 것이며, 세상에 주목받고 산 삶은 아니었을지라도, 과거를 포함하여 당신의 삶의 가치와 의미를 지켜낼 수 있었다.

이곳 서재에서, 분명 그런 과정을 온몸으로 겪어내며 실천을 통해 증거를 만들어 내는 노력이 이루어졌다고 믿어진다.

아버지는 젊은 시절 국민학교 교원 생활을 하면서, 당신의 그릇으로 담을 수 있다고 믿었을 일들을 사사로움을 위해서가 아니라, 보다 대의를 위해 당신의 일정한 몫의 능력과 정신을 바쳤던 적이 있었던 것처럼, 그 이후엔 다른 분야를 대상으로 다른 방식을 통해 정성과 노력을 쏟았을 것이다. 이는 분명 세속의 가치를 위해서는 아니었고, 명분도 있으면서 다수를 위해 해내지 않으면 안 되었을 일을 해결하려 하신 것이다.

이 작은 방, 세 평 남짓의 방은 그 숱한 세월의 무게와 다양하고 복잡했을 삶의 의미적 구조를 어느 정도는 덜어내고 정리해가며 수행(修行)처럼 당신 몫의 삶을 재구성하고 보태거나 다듬으며 보낸 시간을 담아 두고 있다. 이 방의 무게와 깊이는 곧 그렇게 눈에는 쉽사리 띄지 않는 그 무엇이라고 할 수 있겠다.

이 방의 주인과 함께한, 이 방의 이십여 년의 역사도 이젠 물리적인 흔적을 지우고 영원히 마음의 안식에 들어야 할 때가 다가옴을 알게 한다. 영원한 것이 없는 세상의 원리를 비껴갈 수도 없고, 새롭고 미지의 것들을 한편 기대해 봄직도 한 것이니, 그저 세월과 자연이 이끄는 대로 순리에 맡겨야 할 것이다.

이는 인간의 한계이고 숙명이니 그저 감정에 충실하여 매달릴 일도 아니다. 또 다른 이별, 헤어짐을 준비하고 마음을 다스려야 할 것이다. 아! 서서히 사라져 가는 것들, 눈으로 보기에 명확하여 확실해 보였던 것들조차 오래 갈 수 없는 허상이었다는 사실을 깨닫게 되면, 인간이 의지하고 기대하며 살아가는 것들조차 과연 실상(實狀)은 무엇이었나 하는 생각에까지 미치게 할 것이다.

아버지와의 인사

"큰아들 왔남!"

나는 아버지로부터 이 말을 들을 때마다 가슴이 뭉클해지곤 했다. 아버지는 내가 가끔(자주가 아니어서 미안함이 느껴질 만큼의 간격으로) 부모님께 안부를 묻기 위해 본가로 가게 되면, 그리고 서재에서 작업하고 계시는 아버지에게 인사를 드릴라치면 늘 이렇게 말씀하시며 하시던 일을 멈추고 거실로 나오신다. 이때마다 나는 아버지의 한없이 인자한 모습을 확인할 수 있었다. 그런데 내가 이렇게 느끼고 반응한 것이 그리 오래되지는 않았다. 자세히 기억할 수는 없지만, 멀지 않은 어느 순간부터 이렇게 느끼기 시작했다.

아버지가 젊은 시절에는 나의 인사에 이렇게 대응하지는 않으셨던 것 같다. 아버지의 속내야 떨어져 사는 자식을 만나는 것이 기다려지고 반가우셨겠지만, 그럴수록 감정을 절제하려 했거나 반가움을 그대로 표현하는 것이 어색하셨을 수도 있었을 것이다. 나는 아버지의 마음을 모두 알 수 있다고 확신할 수 없을지라도 이런 식으로 아버지의 생각을 이해하려 하였다.

대개 사람들은 자신이 느낄 수 있는 것들에 근거하여 결론을 짓게 마련이므로 나 역시 아버지에 대한 나의 생각은 그동안 내가 지각(知覺)할 수 있는 수준에서 짐작할 뿐이며 그 이상의 아버지의 속마음과 세세한 감정을 알 수는 없으니 이렇게 단성할 뿐이다.

　아버지는 옛 선비처럼 다소 감정 표현이 서투르셨거나 절제가 심하신 편이었지만, 분명 자식들을 많이 사랑하신 것은 분명하다고 나는 확신하고 있다. 어느 아버지가 자신의 자식을 사랑하지 않는 이가 있을까? 겉으로 드러내면서 당신의 마음과 뜻을 설명하거나 표현하지 않으신 점에 비하면 그 이상이라는 것을 말하는 것이다.

　예전의 아버지들이 대부분 그러하셨으며 특히 나의 아버지는 더 절제하려 하셨다고 생각하지만, 나는 분명히 나의 아버지가 자식들을 매우 애틋하게 생각하셨고 당신이 원하는 방식으로 그 애틋한 정을 자식들에게 나타낼 수 없었던 것에 속상해하고 계시는 것을 알 수 있었다. 나는 그에 대한 여러 기억을 가졌지만, 지금은 그 증거들을 일일이 열거하지는 않을 생각이다. 내 마음속에서 그것들을 느끼고 간직하면 그걸로 충분하다고 생각하고 있다.

　지금과 달리, 시간을 과거로 돌려 갈수록 우리 사회는 아버지와 자식 사이에는 우선 혈육으로서의 끈끈함 이전에 필요 불급한 교육적 목적의 절제가 있어야 했고, 그러한 적절한 거리가 부모와 자식 간에 존재한다고 믿는 것이 자연스러웠기에 오늘날의 아버지들이 보여주고 있는 방식과는 거리가 있었다.

　아버지는 쉽게 당신의 마음을 표현하지 않으셨다. 당연히 그것들을 의도적으로 수시로 알게 하지도 않으셨다. 또 아버지는 이런 면에서 스스로 더 엄격하신 편이었던 것 같다. 따라서 귀하고 사랑스러운 자식이라 해서 드러내놓고 표현하는 것은 당신의 기준에 의하면 부합하는 바가 아니었을 것이다. 그랬기에 아버지는 그런 부분을 남들이 모르거나 의식하지 않는다고 생각하실 수도 있지만, 다행히도 우리는, 즉 나와 동생들은 은연중에 아버지의 마음을 잘 느끼며 알게 되었다. 따라서 이렇게 이심전심(以心傳心)으로 서로 읽고 느끼고 그래서 배우고 감사하는 식이었다.

그러나 이런 방식에 익숙한 나의 아버지도 나이가 드시면서 달라지기 시작하셨다. 자식들과 소통하는 데에 시간이 더 걸리는 간접적이고 우회적인 방식으로 표현하는 방식을 바꾸시게 되었을 것이라는 생각을 하게 되었다. 다름 아니라 연로(年老)해지면서 느끼는 심경의 변화이니 다른 면에서는 마음이 안타깝기도 한 부분이다.

어쨌든 아버지의 그런 모습을 보면 한편으론 마음이 찡하다.

아버지는 "큰아들 왔남!" 하시면서, 한없이 밝고 편안한 얼굴로 나를 맞으시고 집중하면서 원고를 쓰시던 일을 그대로 멈추고 거실로 나오신다. 그동안 조명이 침침한 편인 서재 방안에서 작은 글씨의 한문 문장들을, 그것도 원본을 복사하여 글씨가 선명하지도 않은 고서들을 돋보기안경을 쓰셨음에도 또 다른 돋보기를 이중으로 비추면서 집중하고 계셨을 테고, 또는 이것들을 번역하여 컴퓨터 워드 문서에 입력하고 계시던 중에 내가 왔다고 하여 지체(遲滯)할 새 없이 손을 놓고 나오시는 것이다. 나는 이때마다 아버지의 작업을 방해했다고 생각했기에 서둘러 곧바로 밖으로 나와 버리지만, 아버지는 개의치 않으시고 방에서 나와 내게 그간의 안부를 물으신다.

"그간 무고(無故)했지?"

이 한 마디에는 그간에 일어났을 수많은 내용을 담고 있다. 잘되고 있는 일, 잘 안 되는 일, 새롭게 발생한 일, 몸이 아프거나 불편한 것, 손자·손녀들의 경우까지를 포함하여 종합적으로 묻고 계시는 것이다. 나는 그럴 때마다 마음이 불편해진다. 나의 대답 속에 조금이라도 즐겁고 기쁜 소식이라도 있었으면 좋을 텐데 나의 일상은 늘 그저 그랬기 때문이다.

소소한 즐거움조차 느낄 일 없이 밋밋히기만 하니, 나의 아버지 앞에서 자랑이나 하듯 들려드릴 이야기가 없는 것이 마음 아팠다. 어쩌면 아버지는 혹시라도 못 보았던 며칠 사이에 큰아들에게서 좀 더 좋은 일들은 없었을까 다소라도 기대를 하셨을지도 모르는데, 그러면 아버지 앞에서 나는 어리광하듯 자랑을 늘어놓으며 즐거운 시간을 잠시라도 보낼 수 있었을 텐데, 그럴 수 없어서 참 마음이 송구하고 쓸쓸하였다.

그럼에도 불구하고 분명 아버지는 그런 것들만을 기대하시지는 않았을 것이다. 굳이 즐거운 일들을 기대하시기보다는 아프지 않았으면 되고, 하던 일이 크게 문제가 없거나 별 탈 없이 무난했으면 그것으로 됐다고 생각하고 계셨을 것이다.

아버지와 아들 사이는 입장의 차이가 아닌, 인생에서의 관록 또는 내공의 차이가 존재하리라는 생각이 든다. 어쨌건 이렇게 인사를 나누는 동안 마음은 편안해지고 나아가 잔잔한 울림이 가슴속에서 일어남을 느낀다. 나는 어쩌면 그 며칠간의 빈 시간의 여백을 이렇게 채울 수 있음을 기대하면서 아버지와 어머니에게로 가는 것이었는지도 모르겠다.

평생 자식은 부모의 짐이요, 어린 자식이니 당연히 그런 어리광의 마음으로 부모를 대하려는 것이겠으나, 실제 현실에서는 어느 순간 그 역할이 바뀌는 것이 당연한 이치인데, 나는 그러지 못해 마음이 불편하기도 하였다. 그러나 잠깐이라도 이런 순간을 경험하는 것은 아버지와 아들의 기대 수준이 일치하든 그렇지 않든 상관없이 매우 감사하고 기쁜 일이다. 그러면서 마음은 한결 순화되고 평온해진다.

목민심서(牧民心書)

    막내동생이 지난 2022년 6월 1일에 치른 제8기 지방선거에서 다시 구청장에 당선되어 구청장으로서 두 번째의 임기를 시작할 수 있게 되었다. 2014년 처음으로 구청장에 당선된 후 헌신적으로 구청장의 직무를 수행하였고, 4년의 임기를 마쳤을 때 성실하게 자신의 역할을 했다고 여기며 곧바로 재선될 것을 기대했지만, 그러질 못했다. 자신이 생각한 바와 구민의 평가가 다를 수도 있었고, 한편 정치적 상황에 영향을 받은 바도 있었을 것이다.

    그러나 한 임기는 건너뛰었지만, 이번에 다시 기회가 주어진 것이다. 더욱 열심히 소임을 다하여 스스로 정한 기준을 뛰어넘는 수준으로 역할을 할 수 있기를, 그래서 뜻깊은 성과를 낼 수 있기를 바라며 기대하고 있다.

    아버지는 막내아들이 첫 구청장 재임 중일 때 돌아가셨다. 그다음 해에 치러진 선거에서는 실패하였지만, 다시 도전하여 당선된 것을 아시면 크게 안도하며 기뻐하셨을 것이다. 집안의 막내는 어쨌든 무엇을 해도 귀여움을 받는 위치인데, 이런 큰일을 해내니 더욱 크게 기뻐하셨으리라 생각한다.

    막내아들이 처음 구청장에 당선되었을 때, 아버지는 많이 기뻐하셨다. 물론 겉으로 드러나게 몸과 행동으로 그것을 표현하신 것은 아니지만, 나는 아버지가 어느 정도로 기뻐하시는지 느낄 수 있었다. 얼굴에 드러난 그 환하고 편안하게 웃는 표정으로도 평소와 다름을 확인할 수 있었다. 세상을 오래 사신 고수여서가 아니라도, 헤프게 기쁨을 드러내고 일희일비(一喜一悲)하지 않는 오랜 내공으로 누구보다도 자연스럽고 인간적이지만 가볍지 않고, 한편 절제가 몸에 밴 분이신지라 다른 이들이 느끼지 못할 작은 차이일망정 나는 그 차이와 그 반응을 잘 알고 있다고 생각하기 때문이다.

그리고 얼마 후 고향 선산의 할아버지 산소로 성묘하러 가서 당신 아들의 등과(登科, 구청장 당선)를 아버지께 고(告)하시는 모습을 옆에서 보았다.

나 역시 제대로 갖춰진 고유제(告由祭)는 아닐지라도 함께 참석한 입장에서 마음에 요동이 일 정도로 아버지의 진정으로 기쁜 마음을 당신의 아버지께 고하시며 편안해하시는 것을 확인할 수 있었다.

그것은 당신께서 스스로 이루지 못한 의무를 아들이 대신함으로써 집안의 경사를 만들고, 식구들에게 기쁨을 선사한 아들의 일을 아버지께 보고하는 형식인 셈이다. 한편 예의 바르면서도 세세하게 알려드리는 효심이 느껴질 뿐 아니라 이미 한참 노인의 반열에 든 아버지께서 당신의 아버지, 즉 나의 할아버지께 마치 어린 아들처럼, 그래서 어리광을 부리는 아들처럼, 마치 실제 두 분이 마주 앉아 대화라도 하듯 막내아들이 그간의 과정을 거쳐 해당 지역의 구청장에 당선한 사실을 매우 자세하고 성의 있게 말씀 드렸다.

아버지는 한편으로 막내아들의 구청장 당선을 과거 집안의 거업(擧業)에 따른 급제의 의미로 생각하시는 것 같았다. 시대를 초월한 관직의 의미를 떠올린 것이다. 말하자면 아버지의 6대조[정산공, 휘(諱) 필교(必教)]께서는 진사 시험에서 장원으로 급제하시고 여러 관직을 거친 후, 외직으로 정산현과 전의현의 현감을 하셨으며 관직이 정3품 당상관에 해당하는 통정대부 첨지중추부사에 이르렀지만, 그 아드님인 5대조[휘(諱) 세문(世文)]와 손자이신 고조할아버지[휘(諱) 지회(芝會)]는 과거에 급제하지 못하고 다만 음직(蔭職)으로 주어지는 정5품의 통덕랑을 하셨을 뿐이다. 그리고 그 이후의 상황은 우리 집안에는 크게 운이 허락하지 않았다.

나라의 운(運) 역시 기울어 역사의 흐름대로인 것이다. 그런 가운데 세월이 흐르고 시대 상황이 바뀌니 더는 전통 봉건 귀족 사회도 아니고 반드시 과거(科擧)를 해야만 하는 시대가 아니기 때문에, 오늘날에 비록 국민이 선출하는 선출직일지라도 이 자리만이 특별하고 고귀한 자리는 아닐 것이다.

따라서 옛날과 지금을 바로 비교할 수는 없다고 할 수 있으나 나라에 봉사하고 국민을 위하는 직(職)의 본질은 크게 달라진 것은 아니니 상황의 여러 변수가 다를지라도 시대를 넘어 비교하고 유사한 부분을 찾고자 하는 것이 틀린 바도 아닐 것이다. 이런 점에서 아버지는 막내아들이 6대조 이후 오랜 공백 끝에 관직(구청장)에 오른 것이라는 생각을 하고 계신다는 추측을 할 수 있었다.

구청장은 한편으로 현대판 목민관(牧民官)과 같다고 할 수 있으니(이를 봉건시대의 제도와 비교한다면 지방 수령에 해당하는 종6품의 현감에서부터, 종5품 현령, 종4품 군수, 종3품 그리고 정3품에 해당하는 목사, 부사 등에 비교할 수 있을 것이다), 아버지는 충분히 이성적이고 균형적인 사고를 통해 그리 생각하시는 것이며, 시대를 초월하여 관직의 개념은 그 본질이 다르지 않다고 여기시는 것이다.

나는 정치인이 되거나 이런 역할을 현실적으로 생각해보지는 않았다. 그런데 진작부터 머릿속에 생각하는 바로 목민관(牧民官) 하면 우선 '다산 정약용'과 그의 '목민심서'가 연상되었다. 다산이 생존하던 시기의 사회가 그런 문제점을 안고 있기도 했지만, 고을의 수령이 바람직한 직무를 수행하여 고을 백성들[民]에게 선정을 베푸는 일들이 아주 특별한 일로 여겨지기도 하였다. 당연히 한 고을의 수령은 선정을 베푸는 것을 누구라도 바라고 원하는 역할로 생각해야 함에도 모든 목민관이 그렇지는 않았던 모양이다.

임금을 대신하여 한 고을을 잘 다스리며 백성들로부터 존경을 받고 칭송을 받는다면 당연한 일임에도 얼마나 명예롭고 영광스러운 일인가? 그럼에도 그런 일들이 드물었기에 다산이 목민심서를 써서 올바른 목민관의 길을 알려주었을 것이다.

그러나 그런 중에도 선정을 베푼 훌륭한 목민관들이 있었으니 다행스러운 일이다. 물론 오늘날이야 다산이 살았던 시대처럼 이런 식으로까지 생각하지는 않을 것이고, 이미 사회적 제도와 실질적인 수준이 과거와는 많이 차이가 나기 때문에 그대로 대입하여 생각할 수 없겠지만, 역할과 책임, 그리고 권한이 주어지는 자리이니 그 핵심이야 달라질 리는 없다고 할 수도 있다. 또한 그런 지위를 이용하여 저질러서는 안 될 일들을 도모하고 온갖 부정과 비리를 자행하기도 하는 현대판 탐관오리도 있는 마당이니 오늘날이라고 해서 인간의 탐욕과 해악이 사라졌다고 할 수도 없는 것이다.

다산 정약용은 당시의 정치적인 구도에서 불행하게도 자신이 품은 뜻과 이상, 그것을 실천할 수 있었던 능력을 충분히 쓰지도 못하고 살다간 불운한 정치가요 학자였으나, 역사에 길이 남는 업적과 정신적 가르침을 준 훌륭한 어른이다. 그야말로 혼란한 정치 환경에서, 또한 제대로 정치가 구현되지 못하는 갈등과 대립의 시기에 다산은 조선 후기의 성군인 정조(正祖)와 더불어 당시 조선의 르네상스를 꿈꾸었던 분이다. 그리고 자신에게 주어지는 외롭고도 힘든 과정을 버티면서도 자신의 몫에 충실했던 시대의 스승이라 할 수 있다.

이미 시대는 불행한 방향으로 기울기 시작하며, 안정과 균형이 깨어진 채 사악하고 탐욕스러운 힘의 존재와 실행이 난무하기 시작하던 때였으니, 무엇으로도 뜻을 펼칠 수는 없었다. 정조(正祖)가 재위하는 동안 잠시 현직에서 활동한 이후 다산은 오랜 유배(流配) 생활을 하게 됨으로써 더는 자신의 역할이나 뜻을 펼칠 수는 없었고, 수많은 저작물을 통해 대신할 수밖에 없었다.

그나마 다행이라 하겠다. 오늘날 다산의 소중한 유작들은 우리에게 여전히 훌륭한 가르침이 되어주고 있다고 생각한다. 그러나 실제로 그 영향력이 어느 정도인지는 모르겠다.

그저 선조(先祖)의 뛰어난 학문적 성과로서, 그리고 과거의 업적이나 유물로서의 인식은 아닐까? 그렇더라도 이의 긍정적인 영향력은 여전히 미치고 있을 것으로 생각한다.

첨단 과학 기술을 바탕으로 한 오늘날의 시대를 '4차 산업혁명의 시대'라 부르고 있지만, 그 내면의 핵심이나 인간이 추구하는 가치는 크게 다르지 않을 것이다. 과학기술은 결국 인간과 인간의 삶, 그로 인한 가치를 창출하기 위한 실용적 노력이요 성과이니 곧 시대의 부산물에 해당하기 때문이다. 또 시대의 요구와 선택으로 선(先)과 후(後)를 판단하는 문제 인식이 필요하다는 생각이 들고 보면, 여전히 인간들이 처한, 또는 감당하는 몫이나 역할은 하등 달라질 것이 없다. 따라서 정신적인 가르침은 시대를 넘어 여전히 유효하며 가르침의 핵심이 될 수 있을 것이다.

그리 생각하니 나의 7대조 정산공의 형님[伯兄]이시며, 6대조[휘(諱) 세문(世文)]의 생부(生父)이신 동래공(東萊公) 강필리(姜必履) 부사(府使)는 목민관의 전형이 될 수 있는 아주 훌륭한 어른이라는 생각이 든다.

동래공[휘(諱) 필리(必履)]께서는 영조 때 진사시와 문과에 급제한 후 승정원과 사간원 등에서 관직을 주로 수임하였고, 지방 외직(外職)으로 순천과 동래부사를 지내시며 선정을 베푸셨다.

순천부사에 제수되었을 때, 순천은 극심한 흉년과 우역(牛疫)으로 많은 소가 병사하니 부내(府內)에 농사를 지을 소는 씨가 마를 지경이 되자 당신의 녹봉을 내놓아 소 30여 마리를 사서 부민(府民)들에게 나누어 기르게 하니 이것이 7년 후에 150여 마리 이상으로 늘어났다. 부민들은 공의 선정을 칭송하는 '백우비(百牛碑)'를 건립하여 그 고마움을 기리었다.

이뿐이 아니었다. 순천이 본래 후미진 지역에 위치하니 학문의 영향이 덜 미치는지라 백일장 등을 의도적으로 열어 권과(勸科)하여 문풍(文風)을 일으키는 계기를 만들기도 하였고, 순천에 호남 제민창(濟民倉)을 만드니, 이는 북관(北關)의 교제창(交濟倉)을 염두에 둔 아이디어였다. 이러한 일로 공의 치적이 중앙관서(비변국)에 알려져, 의주부윤(종2품), 경기수사(정3품) 등에 천거되기도 하였다. 이처럼 공은 성의를 다하여 봉공(奉公)하였다. 순천부에서의 임기가 다하니 묘당(廟堂)에서는 동래부사로 천거하여 이배(移拜)하였다.

동래부(東萊府)는 오늘날의 부산광역시라고 할 수 있는데, 왜(倭)

와 접경이라 다른 지역보다 책임이 막중한 변방이었고 그 수령의 역할엔 무거운 책임이 따랐다. 그러나 공은 매우 엄중하면서 이치에 따라 사안을 처리하여 재임 중에 임금으로부터 특사(特賜)를 받아 그 공을 인정받기도 하였으며, 당시 오랜 흉년 탓으로 기근에 처한 부민들의 구휼(救恤)을 위해 애를 쓸 뿐 아니라 우역(牛疫)으로 농사지을 소가 부족하게 되자 동래에서도 공의 녹봉미를 내어 소 100여 마리를 사들여 백성들에게 나누어 주어 경작하도록 하였으며, 영구히 소(牛) 사육제도를 이행하도록 하였다.

또한 대마도로부터 전해진 고구마 재배법을 보급하여 고구마(甘藷) 농사를 권장하며 흉년의 구제책으로 삼았고, 온천정(溫泉井)을 개발하여 질병의 고통을 벗어나는 데 도움이 되도록 하였는데, 남녀 탕을 구분하여 온천을 통해 백성들의 요구(療救)와 안식을 도모하였다. 오늘날의 동래온천을 처음으로 개발하신 것이다.

이처럼 공께서 동래부의 수령으로서 베푼 업적은 이루 말할 수 없이 많고 다양하다. 지금도 부산 동래에는 조선 500년간 동래 부사를 역임한 수백(數百)의 수령 중에 최고의 선정을 베푼 5인의 부사에 대해 선정공적(善政功績)을 기리며 생사제단을 세우고 향사를 올리던 단비가 보존되어 있는데, 그 다섯 분은 이항, 한배하, 강필리, 윤필병, 민영훈 부사로, 강필리 동래부사가 포함되어 있다.

동래공에 대해서는 "영조 갑신년, 1764년에 8월에 부임하여 병술년 1766년 11월 이임 시 거사단비(去思壇碑)를 건립하였다. 고구마 재배 보급, 동래온천 개발, 임진(壬辰) 선열 추모작업 등 재임 중에 많은 치적을 남겼다."고 기록되어 있다. (고종 신미년 1871년 편찬한 동래읍지에 생사비 수록함)

강필리 동래부사는 우리의 7대조 정산공의 백형(伯兄)이시면서 6

대조 통덕랑 공[휘(諱) 세문(世文)]의 생부(生父)이시다. 동래부사는 백성들을 위한 일을 헌신적이고 성의있게 하심으로써 임지의 백성들로부터 칭송받은 훌륭한 목민관이었다. 이분의 후손임에도 집안에서는 그 이후로 시대적 환경변화와 여러 가지 이유로 이러한 대업을 계승할 수 없었다. 이제는 시대가 바뀌고 과거와는 다른 세상이 되었지만, 현대적 개념의 목민관 역할을 이제라도 계승할 수 있게 된 셈이라 생각할 수 있다.

　아무래도 아버지는 이런 생각을 하고 계셨을 것이다.

　당신의 막내아들이 동래공의 업적을 잘 이어받아 자신의 몫과 역할을 훌륭히 해내기를 마음속으로 바라셨을 것으로 생각한다. 따라서 당신께서 오랜 시간 공을 들이고 노력하여 편찬한 『강필리 부사 전기』는 단지 공(公)의 생애와 업적을 정리하는 데 그치는 것이 아니라 두루 후세에도 이런 정신과 업적이 반복 유지되어 집안의 훌륭한 전통으로 남을 수 있기를 염원하는 뜻이 담겨있을 것이다.

위대한 할머니들

　우리 집안은 과거에 큰 화(禍)를 입은 적이 있다. 역사의 피할 수 없는 소용돌이에 의한 것으로, 또 우리 집안 외에도 꽤 많은 성(姓) 씨의 집안에서도 그런 일이 있었다. 시공(時空)의 차이로 실감(實感) 하기 이전에 거리감이 있는 객관적 사실로 바라볼 수도 있을 테지만, 매우 기가 막히고 슬픈 일이었다.

　우리 집안을 멸문지화(滅門之禍)에 이르게 한 참화는 연산군 재위 시절 일어난 사화(士禍)였다. 당사자인 나의 16대조 대사간공 휘(諱) 강형(姜詗)과 세 분 아드님(영숙, 무숙, 여숙)은 1504년 갑자년[甲子 士禍] 같은 날 참화를 당하셨고, 그 이전 무오사화(戊午史禍) 때에는 사위(허반)가 돌아가셨다. 사화로 모든 가산과 신분, 관직 등을 삭탈 (削奪) 당하고, 선원부에서도 가족이 모두 삭제되었다. 이런 참혹한 상황에서도 두 분의 할머니가 계셨고, 결과적으로 그 할머니들 덕분에 오늘날 후손들이 살아남아 번창할 수 있었다.

　나의 16대조[휘(諱) 강형(姜詗)]는 연산군 재위 시절, 주로 사헌부와 사간원 등에서 대간직(臺諫職)이라 일컫는 관직에 계셨고, 후일 대사간을 맡으시기도 했는데, 1504년 갑자년에 발생한 갑자사화로 멸문지경에 이르는 참화를 당하셨다.

　연산군은 자신의 생모가 폐위되어 서인이 된 것을 돌려놓고자 생모 폐비 윤씨를 입주입묘(立主立廟)하고자 하였으며, 조정 대신들의 격한 반대에도 불구하고 끝내 생모를 입주입묘하는 뜻을 이루게 된다. 그러나 이는 선왕(先王)인 성종이 유교(遺敎)로써 금지(禁止)시킨 일이라 유교적 정치이념을 따르는 조선의 정치제도로 봐서는 허용할 수 없는 일이었지만, 이미 자의적으로 왕권을 행사하기로 한 연산군의 뜻을 막을 수는 없었다.

연산군의 부왕 성종이 완성한 조선의 정치 규범인 경국대전뿐 아니라 조선의 건국으로 자리를 잡아가는 군신 간의 공론정치라는 제도와 이념으로도 위배가 되는 처사이니, 훈구척신으로 구분되는 대신 집단을 제외한 신진 사림의 문신들이나 언론기능을 담당하는 3사의 관헌(官憲)들은 당연히 연산군의 뜻을 따르기 어려웠기에 서로 입장이 갈려 왕권과 유교적 정치이념을 따르는 신하들과의 충돌도 불가피하였다.

연산군 재위 2년(1496년)에 정4품의 사헌부 장령으로 계시던 대사간공은 그날(1496년 6월 초순) 병환으로 출근도 하지 못하고 집에서 병구완을 받는 중이었으나, 폐서인된 생모 윤씨를 복위하려는 (입주입묘) 연산군의 뜻은 따를 수 없는 중차대한 사안이었기에 삼사(三司)에서 당연히 반대 상소를 하거나 간언을 할 것으로 기대하고 알아보니 그런 계획이 없다는 것을 알게 되자, 홀로 궐에 나아가 연산군에게 엄격한 반대의 간언을 하게 되었다. 홀로 상소하는 독계(獨啓)의 일을 연산군은 충격적일 만큼 강력한 반대 의사 표시로 여기게 되었던 것 같다. 이를 계기로 삼사의 관헌들도 적극적으로 연산군에게 반대 간언을 이어갔고, 따라서 폐비 윤씨의 복위를 추진하는 일이 한동안 중단되기도 하였다.

이 일로 대사간공은 삼사에서 체직(遞職)되어, 지방 외직(선산부사)

으로 나가게 되었으며, 연산군은 자신의 뜻대로 윤씨의 입주입묘를 진행하여 완결하게 되었다. 그러나 그로부터 8년 뒤인 1504년 갑자년에 이르러 연산군은 자신의 생모가 폐서인된 후, 사사(賜死)된 사실을 뒤늦게 알게 되면서 이에 대한 세세한 과정을 파악하게 되었으며, 그 과정에 연루한 모든 이들에게 설원(雪冤)하기로 마음을 먹게 되었다. 이에 따라 자신의 할머니인 대왕대비 인수대비부터 아버지 성종의 두 후궁과 그 자식들(이복형제인 왕자들)을 모두 죽게 하였고, 살아있는 당시의 대신뿐 아니라 이미 죽은 신하들까지 부관참시하게 하며 전무후무한 잔인성을 드러냈다.

갑자사화 때 대사간공은 폐비 윤씨의 사사(賜死)사건에 대해서는 직접 관련하지 않았음에도, 8년 전 윤씨의 입주입묘에 독계(獨啓)로 반대한 사실을 들어 참형을 내리게 된 것이었다. 이처럼 1504년에 발생한 갑자사화는 자신의 생모를 폐서인 한 것에 대한 대대적인 설원(雪冤)이라 할 수 있는데, 대사간공은 과거의 독계(獨啓)로 인해 아들 3형제와 함께 수옥(囚獄)되었으며, 곧바로 충청도 비인으로 유배형에 처해졌다가 결국 극형을 당하게 된 것이었다.

연산군은 마음먹은 대로 생모의 입주입묘와 추숭(追崇) 작업을 완전하게 끝냄으로써 폐위 전 상태로 되돌려 놓은 뒤에, 생모의 폐위와 사사(賜死)하는 과정에 조금이라도 관련이 있는 사람이라면 지위 고하를 막론하고 모두 벌을 주기로 하면서 무자비한 복수를 감행하였으며, 전대미문의 일을 무차별적으로 저질렀다. 이 과정에서 대사간공은 생모의 폐위에 직접 관련되는 바는 없었지만, 오래전에 생모의 입주입묘에 반대하였다 하여 대사간공에게 극형을 내렸고, 대사간공뿐 아니라 아드님 세 분까지 함께 참혹한 형벌로 돌아가시게 되었으며, 나아가 연산군은 멸문(滅門)하려는 온갖 조치를 모두 취하였기에 이미 가산 몰수는 물론 신분조차 선원부에서 삭제되었을 뿐 아니라 살아남은 다른 가족들의 생명까지도 위태로운 상황이 되었다.

이런 상황에서 대사간공의 정부인(貞夫人)이신 선산김씨 할머니는 부군의 장례를 치른 후에 부군의 절의(節義)를 따르고자 죽음을 불사하고 식음을 전폐한 지 한 달 뒤 등에 피를 흘리며 돌아가시게 되었다. 이때 화를 당한 숱한 신하들이 있었으나, 중종실록에는 선산김씨와 홍문관 교리로서 화를 당한 권달수의 부인만이 절의를 지키고자 죽음을 택하였기에 열녀로서 정려문을 하사하였다고 기록하고 있다.

이런 절망적인 상황에서 대사간공의 맏며느리이신 공의 장남 찬성공[휘(諱) 영숙(永叔)]의 정경부인인 익산이씨 할머니는 젊은 여인이었지만 위기에 처한 집안을 위해 지혜와 용기를 발휘하셨다. 시아버지의 장례를 주도적으로 주관하였던 익산이씨 할머니는 시어머니마저 돌아가시자, 일단 연산군 모르게 시모를 시부와 합폄(合窆, 합장)하여 장례를 치른 후, 남편(찬성공 영숙)의 시신을 수습하여 어떤 일을 저지를지 모르는 연산군을 피해 경북 상주로 피난길에 나서게 되었다.

12세부터 5세까지의 어린 7남매를 비롯하여 여럿의 종과 노비도 딸린 대가족을 이끌고 섣달그믐께의 한파를 이겨내며 남쪽으로 향하였다. 동대문을 나서 여주, 충주를 지나 험준한 조령(鳥嶺, 문경새재)를 넘어 상주로 향하였다. 상주에는 익산이씨 할머니의 친정 부모님이 살고 계셨다. 그러나 조령을 넘어 잠시 쉬고 있던 중에 돌아가신 대사간공께서 꿈에 나타나 '근처를 지나고 있을 이 첨지(李僉知)를 찾아 도움을 청하라'는 현몽(現夢)과 함께 놀랍게도 근처를 지나가고 있던 이 첨지(李僉知)를 만나게 된다. 마침 쉬고 있던 그곳이 현재의 이안면 '양범리'인데, 이첨지가 살펴보니 그곳의 양범산이 길지(吉地)인지라 이 첨지의 도움으로 찬성공의 산소를 정하여 장례를 치르고 부근의 '입석리'에 정착하게 되었다.

이때부터 어린 5남 2녀의 자식들은 할머니의 뜻과 지도로 훌륭히 성장하여 모두 과거에 급제하는 등, 멸문에 이른 집안을 다시 부흥시키기에 이르렀다. 절체절명의 위급하고 절망적인 상황에 있었던 집안을 할머니께서 다시 구원해 낸 것이다. 따라서 그 이후로 명경거족(名卿巨族)으로 다시 자리 잡게 된 것은 오로지 익산이씨 할머니의 덕분이라 할 것이다.

시어머니 선산김씨 할머니의 숭고한 절의(節義) 정신은 대사간공의 높은 뜻을 따르는 열녀의 모습이었고, 익산이씨 할머니의 강한 의지와 용기는 한 집안을 멸문에서 구해낸 위대한 구원자, 그 자체라 할 수 있었다. 자녀들의 생명을 구원하여 집안을 계승할 수 있도록 하였을 뿐 아니라 스스로 학문을 하여 깨침과 성취를 이룰 수 있도록 훈육하고 배양한 지도자의 역할을 감당하신 것이다.

이런 위대한 두 분의 할머니가 계셨기에 오늘날의 나를 포함하여 후손들이 태어나 이 땅에서 살아갈 수 있게 된 것이다. 또한 그 이후로 후손들이 번창하여 제 몫을 톡톡히 하며 열심히 살아갈 수 있도록 길을 열어 주셨으니 이 얼마나 감사하고 위대한 일인지를 그 누가 모르며 잊을 수가 있을까?

아버지는 평생에 걸쳐 집안 선조들과 집안에 관련된 역사적 기록이나 유적을 찾고 최선을 다하여 정리하셨다. 또한 기록들이 모두 한문으로 되어 있으니, 현재의 후손들이 제대로 해독하고 읽기가 어렵다고 판단하여 이를 체계적으로 구성하고 그 내용을 우리말(한글)로 번역하여 책으로 편찬하셨다. 이렇게 아버지의 노력과 정성으로 집안에 관련된 여러 문집과 문헌의 기록을 발췌하여 정리한 두 권의 책, 즉 『강필리 선생 전기·선세 추모록』과 『선세 추모록 기2』는 매우 뜻깊고 소중한 집안의 자산이라 할 수 있으며, 나는 이를 읽으면서 선조들에 관해 조금씩 알아 갈 수 있게 되었다.

인간의 생명은 부모로부터 받은 것이고 이런 관계가 오랜 세월을 두고 이어져 오면서 유구한 역사를 이루게 되는데, 먼 선대의 할아버지와 할머니로부터 가깝게는 아버지와 어머니에게서 우리는 생명을 받아 태어나며, 자라고 배우면서 인간의 구실을 한다. 평화롭고 행복한 현실의 모든 조건에는 그를 얻고 누릴 수 있도록 희생하고 지혜를 발휘한 노력이 있었기에 가능한 것이라는 생각을 하시(何時)라도 잊어서는 안 되겠다는 교훈을 새기게 된다.

아버지와 아들-유정공과 정산공

1.

아버지는 평생에 걸쳐 집안에 관련된 숱한 자료들을 수집하여 읽고 정리하셨다. 나아가 그것들이 모두 한문으로 되어 있으니 한문을 읽을 수 없는 자손들을 위해 이를 번역하여 읽을 수 있도록 책으로 출판하셨다. 그 책의 내용이 방대하다. 『강필리 선생 전기(姜必履 先生 傳記)』와 『선세 추모록(先世 追慕錄)』 등 두 권으로 되어 있다. 진주강씨의 선대(先代)에 대한 기록과 함께 우리의 선세(先世)에 대한 온갖 기록을 나름대로 집대성한 책이다. 그 방대한 종류와 범위뿐 아니라 관련된 외부의 자료까지 최대한 망라하여 수록하고 있다.

집안의 가장(家狀)이나 행장(行狀), 여러 선조의 묘지문(墓誌文), 묘갈명(墓碣銘) 등도 정리되어 있다. 모든 선조에 대해서는 아니라고 해도 웬만한 어른들에 관한 내용은 대부분 들어있다. 나는 틈틈이 이 책을 들여다본다. 집안에 관심을 가졌기 때문이지만, 그 내용이 전해주는 뜻밖의 가르침이 있기 때문이다. 집안에 전해오는 각종 자료는 그 자체가 역사이며 소중한 기록물이다.

나라의 역사는 나라의 해당 부서, 즉 실록을 쓰고자 하면 실록청 같은 기구가 구성되고 사관들이 기록한 내용인 사초(史草)를 검토하여 임금이 돌아가신 이후에 해당 시기의 실록을 정리하여 남긴다. 이러한 나라 역사의 개념과 더불어 각 문중(門中)의 기록은 문중마다 기록을 정리하거나 문집, 유고집 등을 통해 기록으로 남긴다. 나라의 기록은 제도적으로 보존되지만, 문중의 기록은 개별적으로 흩어져 있는 경우가 비일비재하므로 분실되거나 소실된다면 그 기록은 사라지게 마련이다. 이들 기록 역시 사실관계를 확인할 수 있는 매우 중요한 역사 자료로서의 가치를 가진다.

나는 아버지가 이런 의도로 정리하여 편찬한 이 책들이 참으로 중요하고 고마운 선물이라고 느낀다. 나는 한문으로 되어 있는 책과 기록을 직접 이해할 수 있는 수준이 아니므로, 이 책들이 없었다면 도무지 이런 고문서의 내용을 읽어낼 수가 없었을 것이다. 이와 더불어 아버지에 대한 경외심을 가지게 된다.

이 많은 분량의 기록을 지난 세월 동안 어떻게 읽고 번역하고 원고로 정리하여 책으로 출판하실 수 있었을까? 도무지 그 엄청난 추진 능력에 대해 놀라움을 금하기 어렵다.

나는 이 책들을 틈틈이 읽는 중에 눈에 띄는 행장(行狀)을 발견하였다. 정산공[휘(諱) 필교(必敎)]이 아버지이신 유정공[柳汀公, 휘(諱) 취(橇)] 할아버지에 대해 쓴 행장이었다.

2.

"소자(小子)는 9살 때인 경술년(1730년)부터 아버님 섬기는 일을 시작하여 아버님께서 작고하신 신미년(1751년), 그 이후 소자 나이 74세가 된 을묘년(1795년)인 올해까지, 45년간을 아버님의 아름다운 행의(行誼)와 올바른 모범의 본보기를 글로 써서 후세에 전해야 하는 일에 대해 제대로 하지 못하고 죽을까를 아침저녁으로 두려워하였으며, 이제야 그 일을 하게 된 것은 오로지 소자의 죄이옵니다."

나의 7대조 정산공[定山公, 휘(諱) 필교(必敎)]께서 아버지 유정공[柳汀公, 휘(諱) 취(橇)]에 대해 쓰신 행장은 이렇게 시작한다. 행장(行狀)이란 돌아가신 분에 대한 평생의 행적을 기록한 글인데, 정산공은 당신의 아버지에 대한 "아름다운 행의와 올바른 모범의 본보기"를 후세에 전할 수 있는 글을 당신께서 돌아가시기 전에 쓸 수 있기를 매우 걱정하였다는 것을 밝히고 있다.*

*절공부군의행(竊恐府君懿行) 아범무소찬술(雅範無所撰述) 후승미득이기(後承靡得以記) 시위소자죄야(是爲小子罪也)

왜냐하면 이 행장을 쓰신 때가 74세였는데, 혹시라도 끝내지 못하면 어쩌나 하는 염려 때문이었다. 아무래도 아버지에 대한 글이다 보니 행여 아버지에게 조금의 흠이라도 될까 심려하는 마음이 있었을 것이다. 당대의 뛰어난 선비요, 정3품의 통정대부를 지내신 정산공이라 해도 당시의 선비들은 자신이 아버지의 높은 뜻에 미치지 못한다는 의식이 있었으니, 정산공의 심정도 응당 그랬으리라.

나는 이 행장을 읽어보면서 부자지간에도 어쩌면 이리도 예의와 존경심이 절절히 묻어날 수 있는가 하여, 매우 감동스러웠다. 글에 쓰여 있듯 9세(1730년)에 양자로 들어와 부자지연(父子之緣)을 맺은 이래로 유정공께서 작고하신(1751년) 이후 이 행장을 쓴 1795년까지, 즉 아버지께서 돌아가신 후로 45년 동안 이 행장을 쓰고자 노심초사하신 것이었는데, 아마도 그간에 나라의 관직을 맡아 종사해야 했으니 충분한 시간을 낼 수 없어 차일피일 미룬 탓도 있겠으나, 아버지에 대한 사무치는 여러 일들에 대해 선뜻 성급히 착수하기도 어려웠으리라 여겨진다.

정산공(定山公)은 휘자(諱字)가 필교(必敎)이시다. 집안 내에서 정산공(定山公)이라 부르는 것은 정산현(지금의 충청도 청양)의 현감을 하셨기 때문이다. 순천부사와 동래부사를 지내시고 대사간으로 봉직하시다 돌아가신 동래공[휘(諱) 필리(必履)]의 아우님이시다. 옛날에는 아들이 귀하기도 해서 대를 잇기 위해 이처럼 집안 내에서 양자를 들여 후사(後嗣)를 잇고는 했는데, 8대조 유정공[휘(諱) 취(檇)]께서 아드님이 안 계시니, 양자를 들여 대를 잇게 되었다.

정산공께서는 충남 당진에서 태어나셨다. 생부이신 휘(諱) 전(樥)자 할아버지(진사공)께서 서울 생활을 정리하고 지금의 충남 당진 구룡리로 이사를 하셨기 때문이다. 진사공께서는 당진 구룡리에 사시면서 글을 읽고, 도자기를 구우시며 지내셨다고 한다. 그래서 호를 도은(陶隱)이라 하셨는데, 이 할아버지도 5촌 당숙이신 휘(諱) 석준(碩俊) 할아버지[원주공 諱(휘) 침(琛)의 장자(長子)]에게로 양자를 와서 대를 이으신 바 있다.

이처럼 오늘날과 달리 후사를 잇는 문제는 매우 중요했기에 대를 이을 아들이 없는 경우, 집안 내에서 후계를 잇기 위한 눈물겨운 이동이 있었다고 하겠다. 그런 연유로 정산공께서도 증조부이신 원주공(원주목사 역임)의 둘째 형님이신 연기공[휘(諱) 린(璘)]의 장손이신 유정공[휘(諱) 취(檇)], 즉 재당숙(7촌)의 사자(嗣子)가 되신 것이다. 이처럼 집안의 세계(世系)를 이해하기 위한 계보를 파악하는 일도 쉽지 않을 만큼 복잡하기도 하다.

충청도 당진에서 태어난 정산공은 행장의 기록처럼 9세 때부터 서울의 양아버지 집에 와서 성장하였다. 정확한 위치 파악은 어려우나 지금으로 보면 서소문 부근, 경찰청 청사와 서소문 역사공원 부근으로 추측한다. 유정공은 사마(司馬) 양시(兩試)에 동시 합격하였고, 문과(文科)의 급제를 위해 나라에서 내리는 벼슬자리도 마다하고 학문에 전념하신 당대의 뛰어난 학자라고 할 수 있었다. 1727년(정미년)에 실시된 문과 정시에서 장원급의 시권(試券)으로 선정되었으나 최종 선정 단계에서 서법(書法)의 오류로 실격 처리되는 아쉬움이 있었고, 다음 해인 1728년(무신년)에 평난설과(平亂設科)에 재응시하여 유정공이 제출한 46시권(試券)이 시관(試官)들이 뽑은 최종의 4개 시권(試券) 중 제1인 것으로 평가되어 임금에게 품의(禀議)되었으나, 임금(영조)께서 "올해는 46으로는 선발하지 않겠다."라고 하니, 제일 우수한 시권이었던 유정공의 시권을 제외한 3인의 시권이 입격(入格)되고 공의 시권은 제외되었다. 그러나 마음이 바뀐 임금이 공의 46시권을 보자 하여 보시고 난 후, 이 시권은 내치지(탈락시키지) 말라고 명하였으나, 이미 과장에서 입격자 발표를 마친 뒤였다.

이처럼 유정공께서는 연거푸 2번씩이나 불운이 반복되니 매우 낙심한 처지가 되었다. 아마 정산공께서는 이 무렵에 유정공 댁으로 와서 서울살이를 시작하게 된 듯하다. 유정공은 이후 거업(擧業)을 포기한 것은 아니었으나 1732년(임자년) 계모이신 창녕성씨의 내간상(內艱喪)을 당하여 상례를 치르고 1735년 탈복(脫服)하였으나, 곧이어 부친[휘(諱) 석후(碩厚)]의 외간상(外艱喪)을 당하게 되었다. 이후 탈복(脫服)하니 1737년(정사년)이었다.

무려 10년의 세월이 흐른 것이다. 이렇듯 거업(擧業)에 뜻을 두었으되 운과 상황이 제대로 돌아가지 못하는 처지에서 원하는 결과를 이루지 못하였다고 할 수 있었다.

정산공께서는 이런 아버지에 대해 매우 안타까운 심정을 토로하고 있다. 이후에 유정공은 더 이상 거업을 할 수 있는 처지도 아니었고, 때마침 집안에서 족보를 오랫동안 수보(修譜)하지 못한 탓에 집안의 종친들은 유정공에게 이를 부탁하니 공께서 이를 수락하시어 족보편찬 작업에 착수하였다. 침식을 소홀히 하며 일에 몰두하시는 아버지가 걱정된 정산공께서 평소의 지병에도 아랑곳없이 과로하시는 것을 염려하는 말을 고하니, "내 선조께서 보시면 멀고 가까운 종친들 모두 하나에서 나누어진 기운인데 내가 지금 수보(修譜)함으로써 빠지고 누락이 되지 않게 보존함으로써 계세(系世)를 서술하여 종친 간의 돈목(敦睦)을 도모하지 않으면 아니 되며 길에서 지나치는 사람들을 위해서라도 이런 일을 통하여 선조에게 보답하는 것이니 모든 종인(宗人)들의 부탁이 있기에 나는 외롭지 않다."라고 하며 더 이상 이런 말을 하지 말기를 명하시며 족보 수보작업을 계속하셨다.

그러나 결국 7~8년 만에 족보 수보작업을 거의 끝마치고 간행을 앞둔 시점에 그동안 쌓인 피로와 지병으로 세상을 하직(下直)하셨다. 결국 족보가 편찬되는 것을 보시지 못했으며, 뒷날 「淸州譜(청주보)」 또는 「壬午譜(임오보)」라고 불리는 족보는 유정공께서 노력하시어 탈고한(편찬한) 원고를 출판한 것이었다.

이러한 유정공의 생애를 가까이에서 지켜보며 느낀 바가 남달랐던 정산공은 아버님의 생애와 사적을 정리함에 있어서도 유별함이 있었을 것이다.

아버지의 행장을 아들이 직접 씀으로써 남들은 알거나 느낄 수 없을 특별한 감정이나 기억하는 내용은 일반적일 수가 없다. 정산공도 성장하면서 겪었던, 아버지로서 한편 학문의 스승으로서 자신에게 전해주었던 여러 일화에 대해 사무치는 감격이 있었을 것이다.

한편으론 아버지이기 이전에, 배움이 깊고 존경하는 선비가 벼슬 없이 지내야 하는 현실에 대한 안타까움도 있었을 것이다. 남들보다 지근(至近)거리에서 늘 보고 겪을 수 있었던 아버지의 품성이 밝고 맑으며, 어린 시절부터 알려진 총명함과 슬기로움을 바탕으로 문예(文藝)와 사기(史記)에 통달한 학문의 수준을 알 수 있었기에 아들의 눈으로 바라본 아버지가 얼마나 안타까웠겠는가?

정산공은 이런 이성적이며 감성적인 모든 기억과 사실을 바탕으로 아버지에 대한 애틋한 마음을 담아 정성스럽게 아버지의 행장(行狀)을 서술하고 계신 것이다.

유정공은 정산공에게 이르기를 "동국사(東國事)에 대하여 더욱 익히어, 열조(列朝) 이래 착한 정치로 백성을 교화하고, 성하고 쇠함과 어질고 간사하며, 나아감과 물러섬, 이해를 같이하는 자들끼리 단결의 시작과 끝, 예론(禮論)의 옳고 그름에 대한 다툼에 대하여 급하게 논리를 찾는 일은 썰물과 같으며, 둔하기에 매번 많은 것을 잃어버리는 것에 대해 책망하셨다."고 회고하고 있다. 이처럼 유정공은 "무릇 침식동정(寢食動靜)이 말 없는 사이에 교훈을 주고 지도함에 모두 법도가 있다는 것"을 분명히 보고 계시며 정산공의 이름이 필교(必敎)인 것도 그 뜻을 기술하고 있다고 쓰고 계신다.

한 사람의 일생은 간단치가 않은 만큼, 누구라도 제각각 특별한 사정과 이유를 담고 있기도 한 것 같다. 평생을 보고 배운 아버지에 대한 감회가 어찌 단순하고 특정의 이야기로만 정리될 수 있을 것인가? 아무나 알 수 없었을 수많은 일들이 공유되었고 그것들은 특별한 의도를 담고 있으면서 특히 아버지와 아들 간에만 유효할 것들이 포함되어 있다. 따라서 남들에게 공감되지 못할 특별한 감정과 의미가 담겨 있을 수가 있는 것이다. 이런 부분들을 기억하는 아들은 그저 쉽게 떠올려지는 사실과 행적을 정리하기 수월치 않았을 것이다. 때론 사무치기도 하고 안타깝기도 하고 나아가 숭고하고 존경스러워 어쩌지 못할 기억이 떠올려지기도 하였을 것이다.

한편 아버지의 친자(親子)가 없어 양자(養子)로 들어온 자신조차 후사(後嗣)를 이을 아들이 없어 다시금 형님[백형(伯兄), 휘(諱) 필리(必履)]의 삼남[친질(親姪), 휘(諱) 세문(世文)]을 양자로 들여야 하는 처지가 겹쳐 회한이 더욱 남달랐을 것이다.

송학리 선영(松鶴里 先塋)과 정산공(定山公)

충남 당진시 면천면(沔川面) 송학리(松鶴里)에는 나의 7대조 정산 공(定山公)을 비롯하여 그 후대 할아버지와 할머니 등 문중 일가의 묘소를 모신 선영(先塋)이 있다.

송학리 선영은 타불산(陀佛山)이라는 작은 산을 등지고 남향(南向) 의 양지바른 작고 조용한 마을을 끼고 있다. '타불산(陀佛山)'이라 하 니, '비스듬히 누운 부처님의 형상을 한 산'이라는 뜻일까? 작은 산 이지만 결코 작다는 느낌이 들지 않고, 듬직한 느낌을 품고 있으니 든든한 이미지가 전해져 온다. 과거에는 다소 외진 곳이라는 인상이 들기도 했지만, 지금은 새롭게 당진과 대전을 거쳐 멀리 경북 영덕 으로 이어지는 고속도로가 산 옆으로 나 있어서 좋은 교통망을 갖추 게 되었다. 그래도 여전히 시골의 한적함이 남아있으며, 200년 이상 유지되어온 우리 집안의 선영이다.

송학리 선영은 1798년 작고하신 정산공[휘(諱) 필교(必敎)]의 묘소 를 쓰면서부터 우리 집안의 선영이 되었고, 나를 기준으로 7대조 정 산공, 6대조[휘(諱) 세문(世文)], 5대조[휘(諱) 지회(芝會), 휘(諱) 산 회(山會)], 고조부[휘(諱) 순영(淳永)], 종고조부[휘(諱) 기영(綺永), 휘 (諱) 시영(詩永), 휘(諱) 미영(眉永)], 증조부[휘(諱) 계형(桂馨)], 종증조부[휘(諱) 은형(殷馨)] 등 10분(墳)의 할아버지와 할머니 산소가 모셔져 있다.

어릴 때부터 간혹 송학리 대신 '소리벌'이라 들어왔는데, 처음엔 무슨 소리인가 했었다. 생각해보니 송학리의 순우리말처럼 들린다. 소나무에 학이 날아와 앉아있는 평화롭고 기품있는 마을의 모습이 연상된다. 아무튼 오랫동안 들어온 그 이름에는 아득하면서 아련한 정서가 묻어있다. 그 이유는 모르겠지만, 정서적인 반응이 그러하다. 예전에 아버지나 할아버지께서 자주 '소리벌'에 다녀오셨다는 소릴 들었던 것 같다. 그만큼 어른들이 선조들의 산소를 보살피면서 정성을 들이셨다는 뜻일 것이다. 요즘은 고작 1년에 한 번 시제를 모실 때나 다녀오는 정도이다.

우리 집안이 충청도 당진을 세거지(世居地)로 삼은 것은 나의 생가 8대조이신 진사공[휘(諱) 전(㮹)] 때부터이다. 그 이전의 세거지는 한양(漢陽)이었다.

우리는 조선 초부터 요즘의 서울 서대문 부근에 집성촌을 이루며 살았다. 당시의 마을 이름은 거동(車洞)이었다. 대거동(大車洞)이라 불리기도 했는데, 서울 성곽 바깥쪽 서대문에서 서소문에 이르는 동네였던 것으로 서울 옛 지도를 통해 대략 짐작해 본다. 요즘으로 비정(比定)해 보면 농협 본점 건물과 경찰청을 잇는 부근인 듯하다. 조선이 건국하여 수도를 개경에서 서울(한양)로 이전한 이후 나의 20대조 통계공[휘(諱) 회중(淮仲)] 할아버지와 그 후손들은 개경에서 한양 쪽으로 주거지를 이동하였을 것이며, 차츰 대거동 주변으로 선조들이 모여들어 살기 시작한 것으로 추측할 수 있고, 통계공의 백형(伯兄)이신 통정공[휘(諱) 회백(淮伯)] 일가들은 요즘의 중앙일보 사옥 부근에서 서울역 방향, 즉 순화동 부근에 걸쳐 집성촌을 이루었던 것으로 기록에 전해진다.

그러나 8대조 진사공께서 사셨던 시기는 조선 후기에 해당하는 숙종 때인데, 당시의 우리 집안은 주로 남인(南人)에 속해 있었고, 결국은 남인 세력이 약해지면서, 이를테면 권력에서 멀어지면서 다소 불리한 형편에 처하게 되었으며 누군가는 이런 당쟁에서 벗어나거나 은둔하고자 하기도 했을 텐데, 나의 8대조 진사공은 때마침 선고[先考, 휘(諱) 석준(碩俊)]께서 충남 아산에 머물고 계신 차에 전혀 충청도와는 연고조차 없었음에도 그 지방을 왕래하면서, 그 부근 고을인 충청도 당진의 구룡리를 알게 되었던 것으로 짐작해 보게 된다.

진사공께서는 10대조 원주공[휘(諱) 침(琛)]의 장손(長孫)이지만, 생가로는 큰 집[진보공 휘(諱) 진(璡)]의 둘째 손자였다. 진보공의 둘째 아우인 원주공[휘(諱) 침(琛)]의 장자[휘(諱) 석준(碩俊)]가 후사(後嗣)가 없자, 양자로 와서 후계자가 되었다. 즉 당숙[휘(諱) 석준(碩俊)]에게 입양되어 후사(後嗣)가 되었던 것이다.

이렇게 양부(養父)인 휘(諱) 석준(碩俊)의 후사자(後嗣子)가 되면서 충청도 지방을 알게 되었고, 당시의 혼란스러운 세상에서 벗어나고자 선택한 곳이 서울이 아닌 조용하고 한적한 충청도 당진 땅이었다. 진사공 할아버지는 호를 도은(陶隱)이라 하신 것에서도 그 성품이 느껴지는데, 도자기를 구우면서 조용히 은둔하며 지내고자 하신 고고한 선비의 풍모가 연상되기도 한다.

세상사는 예측하기도 피하기도 어려운 것이다.

따라서 원하고 말고와는 상관없이 집안이 흥하는 시기에는 자손들도 그에 따라 흥하고, 그 반대의 경우엔 손(孫)조차 귀하게 되는 이치가 있는 듯하다. 당시의 우리 집안은 대를 잇지 못하여 형제끼리 사촌끼리 서로의 자식들을 양보하며 대를 잇도록 노력하였으니, 이런 경우가 적지 않았다. 이는 매우 안타까운 일이면서도 아름다운 모습이었다고도 할 수 있다.

나의 8대조이신 유정공[휘(諱) 취(橇)]께서도 후사가 없었다. 그래서 6촌 형인 진사공[휘(諱) 전(橢)]의 차남[휘(諱) 필교(必敎)]을 입계하여 후계자로 삼았다. 즉 진사공은 두 아드님 중 차남인 정산공을 재종(再從)간인 유정공에게 입계하도록 하였고, 그래서 유정공은 재종질(7촌)인 정산공을 사자(嗣子)로 하여 대를 잇게 되었다. 결국 나는 생가로는 진사공이 8대조이지만, 문중의 계보로는 유정공이 8대조이며, 따라서 연기공의 10대 종손이 되는 것이다.

그런데 안타깝게도 정산공마저 후일 후사(後嗣)가 없었기에 다시 백형인 동래부사공[휘(諱) 필리(必履)]의 3남인 휘(諱) 세문(世文)을 후계로 삼게 된다. 즉 조카(親姪, 친질)를 사자(嗣子)로 삼았으니, 우리는 생가(生家)로 8대조 진사공의 차남을 7대조(정산공)로, 진사공의 손자를 6대조[통덕랑공 휘(諱) 세문(世文)]로 해서, 나의 10대조인 연기공[휘(諱) 린(璘)]의 세계(世系)를 이어오게 되었다. 그 이후로는 통덕랑공[휘(諱) 세문(世文)]의 후손들이 대를 이어온 것이니, 동래부사[휘(諱) 필리(必履)]는 나에게는 생가의 선조이며, 생정(生庭)으로는 동래공의 후손이라 할 수 있다.

정산공[1722년 경오생(生)~1798년 무오 작고(作故)]은 비교적 이른 나이인 9세(1730년, 경술)에 고향인 당진 구룡리를 떠나 유정공이 계시는 서울 대거동으로 옮겨와서 이후 평생 유정공을 모시고 살았다. 어린 나이에 친부모의 슬하를 떠나 양부에게로 간 것이다. 정산공은 영조 경오년(1750년) 진사시에서 장원 급제를 하였다. 지금도 나는 정산공께서 장원을 한 시권(試券)을 가지고 있다. 당시에는 과장(科場)에서 작성한 시권을 제출하고 난 뒤 심사를 한 후, 급제자를 결정하여 발표한 후에는 시권을 모두 과거 응시자들에게 나누어 주었다. 나는 장원을 차지한 영광스럽고 자랑스러운 시권(試券)을 통하여 당시의 분위기와 기쁨을 느낄 수 있는 듯하였다.

정산공은 과거 급제 이후 제릉참봉을 시작으로 여러 벼슬을 거쳤다. 조봉대부[朝奉大夫, 종4품 하계(下階)], 조산대부[朝散大夫, 종4품 상계(上階)]를 거쳐 통훈대부[通訓大夫, 정3품 하계(下階)]의 품계에 이르렀지만, 외직(外職)으로 정산과 전의 현감에 그치고 말았다. 종4품 품계의 경우, 군수, 동첨절제사, 병마만호 등의 벼슬이 적절하고, 통훈대부의 경우, 각 부의 정(正), 또는 부정(副正), 승문원, 교서관 등의 판교(判校), 직제학, 그리고 외직이라면 목사나 대도호부사에 올라야 마땅하였지만, 당시는 시절이 혼란스러웠고 바르지 못하였다. 결국 종6품이 임명되는 정산과 전의 현감에 그치고 말았다. 이에 대해서는 당시의 정확한 형편이나 사정을 알지 못하니 적절한 이해가 불가하다고 할 수 있으나, 정국(政局)의 불편부당(不偏不黨)한 분위기는 짐작할 만하다.

아버지는 1995년(단기 4328년)에 정산공의 묘비를 새 묘비로 교체 설치할 때, 집안 후손인 휘자(諱字) 신혁(信赫) 어른에게 묘갈명(墓碣銘)을 청탁하였다. 묘갈명은 집안의 내력과 역사적인 사실 기록에 충실하도록 작성하게 마련이다. 정산공에 대한 생애와 사적을 기록 정리하면서 글쓴이는 묘갈명에서 다음과 같이 공에 대한 안타까운 심정이 담긴 글을 적었다.

英祖庚午進士壯元　영조경오진사장원　尋拜齊陵參奉　심배제릉참봉
陞朝奉大夫　朝散大夫　司饔院主簿　승조봉대부 조산대부 사용원주부
至通訓大夫　外職則　全義定山縣監　지통훈대부 외직칙 전의정산현감
牛刀割鷄* 民歌召父杜母** 우도할계 민가소부두모
壽陞僉知中樞府事*** 수승첨지중추부사

* 소를 베는 칼로 작은 닭을 잘라 요리하다. 즉 큰 재능을 작은 역할에 쓰는 것을
  비유함.
** 백성들이 아버지를 부르는(召) 노래를 어머니가 막아서는 것을 비유함.
***壽陞僉知中樞府事, 조선시대는 경로사상으로 수(壽)가 높은 것(오래 사는
   것)은 매우 귀하고 축하할 일이었다. 70세 넘으면 품계를 승차하였다. 첨지중추
   부사(僉知中樞府事)는 조선시대 중추부의 정3품 당상관 관직이다.

영조 경오년(1750)에 진사시에 장원하고 제릉참봉에 심배(尋拜)된 후
조봉대부와 조산대부에 승차하고 사용원 주부를 거쳐 통훈대부에
이르렀다.
외직으로 전의와 정산현감에 출재하고 말았으니,
우도할계(牛刀割鷄)하고 민가소부두모(民歌召父杜母)라 할 것이다.
공은 정조 갑인년(1794)에 수(壽)로 첨지중추부사를 하셨다.
정산공은 정조 무오년(1798) 2월 16일에 작고하셨으며 향수(享壽)가
77세였다.

중략

公天稟絶夷 早登膠庠* 공천품절이 조등교상

而棲遲散 班出典十 室之邑譬　　이서지산 반출전십 실지읍비
如鸞鳳**之 栖枳棘無所展拓　　여란봉지 서지극무소전탁
胸抱致蹇之節 豈非世道之不幸　　흉포치건지절 기비세도지불행
而後昆之恨也　　이후곤지한야

*교상(膠庠), 옛날 학사(學舍), 오늘날의 학교.
**난봉(鸞鳳), 난조와 봉황을 이름, 현인이나 군자를 비유하여 이르는 말.

　공은 천품으로 이속(夷俗)을 끊고 일찍이 교상(膠庠)에 입학하여 학업을 닦았고
　마친 뒤에는 한적한 곳 서실(書室)로 돌아가 그곳에서 학문을 궁구하였다.
　난봉(鸞鳳)은 탱자나무나 가시나무에는 깃들지 않는 것처럼
　가슴에 품은 포부를 헤쳐 나가자니 어찌 고생스럽고 불행한 세태적 과정이 아니라 할 수 있겠는가.
　이는 후손들의 한이 아닐 수 없다.

　이 묘갈명을 찬술(撰述)한 어른[휘(諱) 신혁信赫)]은 직계 후손인 나의 아버지를 대신하여 통한(痛恨)스러운 마음을 글에서 표현하고 있다. 그리고 "6대손 신양(信暘)은 위에 적은 내용들을 준비하여 자신에게 묘갈명을 청하니 감히 사양하지 못하고 이처럼 (묘갈)명(銘)을 쓰게 되었다."고 하였다.

　후손들은 이미 지나간 일에 대하여 어찌할 수 없는 일로 치부한다. 선조들이 처했던 당시의 사정에 대해 자세히 알 수도 없으니 그에

대해 가타부타하기도 어려운 일이기는 하다. 그럼에도 당시의 선조들이 처했던 상황에 이입하게 된다면 동일시하지는 못하더라도 그 감정이나 느낌이야 이해하지 못할 것은 없는 것이다. 아버지는 당신 선대의 할아버지께서 처했던 입장이나 세태를 나름으로 이해하면서 함께하고자 하였고, 이미 2백여 년이 훨씬 지났을지라도 할아버지가 느끼셨을 감정에 조금이라도 다가가고자 하였다.

또한 나 역시 아버지의 장자로서 종손의 입장인데, 나는 기억하지도 못하는 정산공의 새로운 묘비석을 아버지는 이리 준비하고 건립하시면서 할아버지를 추모하는 후손의 역할을 잊지 않고 계신다. 아버지에 비하면 나는 한참이나 모자랄 뿐이니 부끄럽기 짝이 없는 일이 아닐 수 없다.

아버지의 유산

1.

"사람은 무엇으로 사는가?"

러시아의 대문호 톨스토이는 오래전에 이런 제목으로 비교적 짧은 소설을 남긴 바 있다. 이 소설의 제목이 직설적이면서도 의미하는 바가 절실하게 마음에 와닿는 느낌이 있어서인지, 그동안 드라마나 소설의 제목으로 유사하게 변용(變容)되어 쓰이곤 했던 기억이 난다. 이 소설은 일반적인 단편보다는 길고, 중편이라기에는 짧고 간단한 (?) 스토리 구조이다.

톨스토이는 부유한 귀족의 아들로 태어나 생활의 곤궁함을 모르고 성장하였으며 성인이 되어서도 그리 지내고 있었으나, 주변에 사는 농민들이나 대다수의 러시아 민중은 매우 어려운 생활환경에서 고통을 받고 있었다.

이를 인지한 톨스토이는 소설을 쓰기 시작했으면서도, 농민들을 위해 학교를 설립하는 등, 이들의 삶을 개선할 수 있는 방법을 찾고자 하였고, 급기야는 종교적인 방식으로 이를 해결하고자 하였다.

다시 말해 그가 민중의 삶을 개선할 수 있는 방법을 찾고 노력하기에는 당시의 국가체제나 사회구조로는 불가한 일임을 알게 되었으며, 자신이 쓰는 소설과 같은 예술작품으로도 그 방안을 찾을 수 없다고 생각하게 되었는데, 결국 그는 교회(러시아 정교회)를 떠나 복음서를 연구하면서 '하느님'을 통해 구제방안을 모색하려 하였다. 그는 경건한 기독교도로서 '하느님'에 대해 공부를 하여 그 결과로 수많은 논문을 남긴 바가 있었다.

이처럼 톨스토이는 독실한 신앙인으로 하느님 말씀을 신봉하고 그것을 지키고 따르려 애썼던 인물이었다.

위에 언급한 소설은 이런 맥락에서 나온 작품이라 할 만하였다.

작품에는 당시, 즉 19세기 무렵 러시아 대중들의 삶을 대변할 만한 가난한 집안의 가장과 그 부인이 주인공으로 등장하지만, 결국은 나중에 밝혀진 '천사'를 통해 하느님의 가르침이라 할 3가지의 메시지를 전달하려는 의도를 담은 내용이다. 이 작품이 강조하는 '하느님의 3가지 말씀'은 하느님의 사자(使者)라 할 '천사'조차도 정확히 이해하지 못했던 가르침이다.

결국 매우 기본적이었지만 인간들이 쉽게 인지하지 못하여 실천하지 못하고 있었던 것이었다. 그런데 알고 보니 너무도 간단하면서 소중하고 아름다운 진리라는 의미가 전해진다.

소설속의 '미하일'은 하느님으로부터 버림(?)을 받은 천사였다. 그는 3가지의 하느님 말씀의 의미를 알게 될 때까지 인간세상에서 사람으로 살아야 했고, 소설의 주인공인 가난한 구두수선공 부인인 '세미욘'과 '마트료나'와 함께 살게 되면서 결국 3가지를 모두 알게 되자 하늘나라로 돌아가게 된다는 이야기 구조이다. 이처럼 간단한 스토리를 통해 명확히 하느님 말씀을 전달하고자 한 의도가 읽히는 소설이라 할 수 있다.

천사인 '미하일'이 알아야 했던 3가지 하느님 말씀이란 "인간 속에 있는 것은 무엇인가?" "인간에게 주어져 있지 않은 것은 무엇인가?" "인간은 무엇에 의해 살아가고 있는가?" 하는 것이었다.

인간은 이 세상을 살아가면서 이 중요한 3가지를 제대로 깨닫지도 못하며 살다 가는데, 이는 매우 간단한 것으로서 인간 속에 있는 것은 "사랑"이며, 자신에게 주어져 있지 않은 것은 "자신에게 필요한 것이 무엇인지 아는 힘이 없다는 사실"이며, 인간이 살아가는 것은 "인간 속에 있는 사랑의 마음" 때문이라는 것이다.

톨스토이는 이 소설을 통해 고통스럽고 비참하기만 한 인간 세상에서 사람들이 그래도 행복을 느끼며 살아갈 수 있게 되는 것은 하느님이 인간에게 생명을 부여하고 인간들이 서로 사랑하며 살아가기를 원하시는 뜻에 의한 것이라는 메시지를 담고 있다.

나는 비록 종교가 '불교'이긴 해도 타 종교에 대해 배타적이지는 않다. 그렇다고 하느님을 섬기는 기독교의 교리를 추종하지는 않기 때문에 이 소설을 통하여 종교적인 관점에서의 교훈을 느끼고자 한 것은 아니었다. 그러나 인간의 창조주라 하는 하느님을 반드시 기독교의 관점에서 바라보는 하느님이 아닌, 모든 인간의 하느님으로, 인간들은 그의 자손에 해당한다는 천손 사상을 마음으로 받아들이는 차원에서, 인간을 인간답게 서로 사랑하며 잘 살아가도록 하려는 뜻을 가진 하느님의 "말씀"을 거부하지는 않는다.

한편 불교에서도 가장 중시하는 "자비(慈悲)" 역시 사랑의 의미이며, 인간에 의해 섬겨지는 하느님의 뜻을 인간이 실천하고 따라야 함으로써 보다 아름답고 좋은 세상이 될 수 있다면, 이는 어느 종교를 막론하고 마찬가지라 할 수 있으니 매우 숭고하고 존중하여야 할 개념이라 하겠다.

이러한 뜻을 인간들은 잘 따르고 실천하면서 자신에게 주어진 삶을 살아가야 할 것이다. 우리 인간은 자신에게 필요한 것이 무엇이며, 자신에게 앞으로 벌어질 일이 무엇인지, 다시 말해 앞으로 벌어질 자신의 운명이 어떻게 될지를 알 수 없다는 것인데, 톨스토이가 생애를 통해 성찰하여 깨달은 이것, "사람은 무엇으로 사는가?"에 대해 우리는 새겨 볼 필요가 있을 것이다. 따라서 주변의 사람들과 잘 어울려 지내며 서로 사랑하고 베풀면서 살아가는 것이야말로 바람직한 삶의 모습이라는 교훈을 쉽고 간결하게 알아차릴 수 있다.

나는 이 소설을 읽으면서 다소는 외경(畏敬)스러운 일이지만, 아버지의 생애와 가르침을 떠올렸다. 어떻게든 당신에게 주어지는 시련이나 조건을 거부하지 않으면서도 당신의 능력과 형편으로 극복하며 견디거나 포기하지 않는 삶을 살아오신 데서 이런 가르침을 느끼고 터득한 것은 아니었을까 생각하였다.

아버지가 살아온 생애는 '그리도 험하고 헤쳐 나가기에 막막했던 그런 길'이었다. 아버지에게 그 길은 '가시덤불을 헤쳐나가는 것'과 같았고, '극한적인 언덕길을 오르고 올라야 했기에 역진(力盡)하기를 여러 차례 반복하기도 한 그런 길'이었다. 또한 '의지할 곳을 찾아 헤맬 때는 막막함을 어찌하지 못하였던 꿈같은 노정(路程)'이었으나, 아버지는 '도리에 어긋나는 일이 없이 잘도 참고 견디며 결국 그 길을 뚫고 나왔으며, 개척하여 (원하는) 길을 열고'야 말았다.
아버지, 그리고 어머니는 "이처럼 험난하고 어려운 길을 실수하지 않고 참고 견디면서도 올바르게, 그리고 끝까지 주저앉거나 낙오하지 않았으며, 속도는 느렸지만 모든 과정을 지나고 통과하여 결국은 승리한 동반자가 되었다."고 하셨는데, 이는 예전에 아버지께서 어머니께 쓴 편지에서 언급하셨던 말씀이다.

이러한 것이 이분들의 인생관이었고, 삶에 대한 자세라고 할 수 있다.

어떤 면에서는 모가 나고 원칙적인 태도일지도 모른다. 그러나 결국은 삶 자체와 삶을 대하는 자세는 본질적인 듯하다. 때론 술수(術數)가 필요하고, 적절한 상황적 기회를 이용할 수도 있는 것이 인생이기도 하겠지만, 이는 늘 누구에게나 똑같은 것은 아닐 터이다. 그저 자신에게 허락되고 주어지는 것에 순응하면서 원칙을 따르고 지켜가는 생활이 우리가 따라야 할 기본이라는 생각이 든다. 그러다 보면 어느 순간에 어려움도, 힘든 순간도 이겨내고 지나쳐 갈 수 있는 때가 오게 되는 것이리라. 그런 과정에서 필요한 것은 서로에 대한 사랑이며 믿음일 테고, 그것들이 힘든 과정들과 괴로운 일들을 이겨내는 원천이 되어 줄 것이다.

나의 인생은 나의 것이면서도 순순하게 나로 인하여 만들어져 가는 것만도 아니다. 주어지는 숱한 조건들과 상황들의 변주(變奏)에 따라 생성되는 요인들로 인해서 결국 만들어지거나 완성되어 간다고 생각한다. 누군가는 매우 순탄하고 거침없이 자신이 원하는 바대로 만들고 이룩해 가는 듯이 보일지라도, 들여다보면 결코 그렇다고 할 수는 없다.

더욱이 이것은 신이 흔쾌히 허락하는 일은 아닐 것이다.

나의 아버지, 어머니는 대단하고 자랑할 거리가 많은 사람과 비교한다면 지극히 소박하기 짝이 없을 뿐 아니라, 아니 보잘것없는 성과일지라도 매우 감사하는 마음을 가지셨다.

그간의 노력과 성과에 대해 "부처님도 하느님도 우리에게 높은 점수로 상을 주셨다."고 하셨고, "그 이상을 욕심낸다면 부처님과 하느님이 노하신다."고도 하셨다.

　이런 생각을 하고 계셨기에, "이 모든 것이 양가(兩家)의 조상님들의 음덕을 천지신명(天地神明)과 부처님이 두루 감안하시고 하느님께 주품(奏稟)한 덕"이라고 말씀하신다. 결국 집안의 선조님들을 잘 모시고 받드는 효성(孝誠)으로부터 시작하여 그 결과는 하늘의 뜻에 맡기는 긴 절차를 떠올리고 계시는 것이다. 이것은 삶에 대한 진지함과 세상의 격물치지(格物致知)를 터득한 경지를 떠올리게 한다.

　나는 이렇게 톨스토이의 소설 "사람은 무엇으로 사는가?"를 읽으면서 나의 아버지와 어머니가 살아온 근본을 떠올렸다.

　이분들이 자식들에게 베푼 사랑은, 유독 자식들에게만 베풀어진 것은 아니라고 본다.

　마음의 근원에 간직된 사랑이니 누구라도 그런 마음으로 대하였을 테고, 당신의 능력이 그다지 부족한 것만은 아니었을망정 경거망동하거나 지나치지 않으려 겸손하였고, 많은 이들과 어울리며, 양보하고 배려하고 뒤로 물러서면서 다투거나 자극하지 않는 삶을 사셨다. 그러하니 때론 손해를 보고 더러는 무시당하고, 제 몫의 성과와 기회도 얻지 못하게 되기도 하였을 것이다. 그러나 그 정도를 얻고자 아웅다웅하는 데서 무슨 가치와 의미를 찾을 수 있을 것인가?

　작은 것을 얻고자 큰 것을 놓치는 우(愚)를 범할 뿐인 점을, 지나고 보면 별것도 아닌 일에 그나마 자신의 존귀함만 손상당했을 뿐인 경우들이 많았다는 점을 뒤늦게 알 수 있었을 것이다. 물론 이런 사실조차 의식하지 못하는 이들이 태반이지만, 그래도 누군가는, 또 하늘은 알고 있지 않겠는가.

2.

"아버지 한 사람이 스승 백 명보다 낫다(A father is better than a hundred teachers)."

우연히 어느 칼럼에서 인용한 이 글귀를 읽었다.

바로 마음에 와닿았기에 이 말을 한 '조지 허버트(George Herbert)'를 검색해 보았다. 16세기 후반 영국에서 태어난 귀족 가문의 성직자이며 시인이었다. 이 글을 인용하며 글을 쓰는 사람들은 주로 아버지에 대한 추억이나 특별한 에피소드가 있는 사람들일 것이다. 그들은 당연히 아버지에 대한 잊을 수 없는 기억과 더불어 아버지로부터 배우고 은혜를 입었던 사실을 떠올리면서 이 글을 인용한다는 것을 알 수 있었다. 수백 년 전 서양의 시인이 말한 이 글귀는 지금 우리 한국에서, 그리고 나에게 매우 적절하고 깊이 와닿는다고 할 수 있다.

사람들은 살아가는 동안 숱한 사람들로부터 가르침과 영감을 받게 마련이다. 그리고 정규과정의 여러 교육을 받는 동안에 만나는 스승들 역시 부지기수이다. 그럼에도 불구하고 나는 아버지만 한 스승은 없다고 느끼고 있었는데, 5백 년 전 영국의 시인이 이러한 말을 했다는 사실이 놀랍고 반가울 뿐이다.

나 역시 그동안 수많은 스승들을 직접, 간접으로 만났고, 또 영향을 받았다. 비교적 최근까지도 나는 공부를 하였기에 학문적으로 도움을 받으며 영향을 받은 분들이 누구보다 더 많을 수도 있다.

그래서 생각해본다. 진정으로 생애 동안 결정적으로 나를 가르치고, 지금까지 존재하게 하며, '나'를 느끼고 성찰하게 하여 한 사람의 인간으로, 시민으로, 사회구성원으로 살아갈 수 있도록 이끌었던 이는 누구일까?

더 이상의 말이나 설명이 필요하지는 않을 듯하다. 오히려 시간이 갈수록 누구보다 더 아버지를 기억하고 그리워하면서, 나를 대체한다면 가장 우선으로 꼽을 사람을 떠올려 보게 된다. 이런 생각을 하면서 한편 부끄러움이 앞서기도 한다.

'지금의 나는 과연 적절한 〈나〉인가?'

'나는 그동안 나에게 충실했고, 스승의 가르침을 제대로 따랐으며, 부끄럽지 않게 사고하고 행동하였나?'

이런 사실을 새삼 돌아보게 된다.

생각해보니 오히려 스승을 욕되게 하지는 않았을까 싶어, 이런 경구(警句)를 피하고 싶어지기도 한다.

그렇더라도 '아버지는 백 명의 스승보다 낫다.'는 말에 마음속으로 깊이 되새기며, 뜨거운 감정이 치솟는 느낌을 받는다.

3.

우리 집은 넉넉한 살림 형편이 아니었다. 아니 가난하였다. 그래서 아버지와 어머니는 가난한 환경에서 자식들을 키우는 것에 대해 꽤 많이 미안해하셨다. 어느 부모라도 당연히 그러셨을 테지만, 더 나은 조건에서, 그러니까 여유롭고 풍요롭게 입히고 먹이며 가르치고 싶어 하셨을 것이다. 그렇지만 그럴 수 없었고, 달리 뾰족한 수도 없었으니 못 해주는 심정 때문에 속상해하셨던 것 같았다.

이런 짐작은 내가 여러 기회와 경로에서 접하고 느끼고 확인할 수 있었던 사실들이며, 여러 차례 그런 뜻으로 대놓고 표현하기도 하셨다. 나 역시 오래(?) 살다 보니 본인의 의지와 희망으로, 아니면 능력이 있다고 해도 자신의 형편을 바꾸는 일이 수월하지는 않다는 사실을 알 수 있게 되었다.

가지지 못하고, 극복하여 성취하지 못한 자의 변명일지도 모르지만, 내 수준에서는 이렇게 생각하려고 하는 중이다.

모두가 원하는 목표와 수준이 다르기도 하고, 살아가는 형편이나 삶의 조건을 윤택하고 풍요롭게 하겠다고 하는 것이 모두가 원하는 목표일지라도, 원하는 대로 다 이룰 수 있지도 않을 뿐 아니라 그렇게 되는 것이 반드시 바람직한 삶의 모습이나 전형(典型)은 아닐 것이기 때문이다. 그래서 이런 식으로 물질이나 삶의 조건의 넉넉함을 기준으로 편안하거나 안심하게 되는 삶을 성공적인 것이라 단정하는 것이 옳다고 할 수도 없을 것이다.

나는 그동안 여러 차례 아버지 어머니에게서 듣거나 느꼈던 '부족함의 조건'이라는 것은 내가 진정으로 원하고 가치 있게 여겼던 바는 아니라고 주장하려 한다.

그런 조건은 다른 관점에서의 가치이자 기준일 뿐 인생의 필요충분조건에 반드시 해당하는 것은 아니라고 생각한다.

아버지가 돌아가신 지 벌써 6년이 지나 7년째가 되었다.

세월에 적응하면 그에 따라 반응의 정도도 무뎌지고 감각의 예리함도 줄어들게 마련이다. 그렇게 시간은 더 이상 무언가를 끌어안기보다 은연중에 새로운 대상을 찾도록 유도하게 된다. 이렇게 산 자(者)는 그대로 살아가면서 자연의 질서에 새로운 방식으로 순응하거나 새로운 순환에 매달리게 되는 법이다.

사람은 무엇으로 살아가는가?

시간의 흐름 속에서도 분명 중요한 계시나 경이로운 지혜가 있을 것이다. 아무리 부모와 자식 사이라고 해도 저마다 독립된 생명이 사람 사는 세상에서 인연으로 만나는 것이며, 이승에 와서 부모와 자식 사이로 만나 함께 살아가되 이승을 떠나면 그 인연은 사라진다고도 한다. 그러나 이것이 인생의 섭리일지라도 당사자들은 경험할 수 없는 이치에 해당한다고 할 수 있다. 언제라도 아버지, 어머니의 아들로서의 관계와 기억이 있을 뿐이다.

그 부모와 자식이라는 관계와 인연 속에 우리는 아버지 어머니가 키우고 가르치며 양육한 실체와 정신으로 살아가고, 때가 되면 이별을 맞이하거나 새로운 자녀들을 만나며, 그런 세대의 순환을 반복하면서 인간들의 이야기와 역사가 쌓이는 것이다. 결국은 아버지와 어머니가 물려주는 육체와 정신으로 자식이 태어나 자라고, 또 그의 자식들이 역사를 이어가면서 저마다의 다양한 이야기의 주인공이 되고, 그것들이 쌓이고 커져서 인간사회의 과거와 현재, 그리고 미래로 이어지는 가교(架橋)가 되는 것이라고 할 수 있다.

지금 나는 아버지와 어머니를 떠올려본다.

나의 아버지를 통해서, 그리고 어머니를 통해서 체감하고 터득한 교훈들과 당신들이 남겨주신 소중한 유산이라고 할 만한 것들을 깊이 있게 곰곰이 새겨 보고 성찰해보는 중이다. 여전히 미련하고 둔감하여 제대로 반응하지 못하고 있으나, 우리가 세상에 와서 살아가는 중에 겪으며 누렸던 것들이 무엇이었으며, 숱한 사람들과 인연을 맺고 관계를 맺으면서 느끼고 공유한 여러 희로애락(喜怒哀樂)의 순간이나 그 자체가 주는 것은 무엇이었는지 알고자 한다.

그간 내가 살아온 짧지 않은 세월을 돌아보니 내가 원했던 것들은 무엇이었던가. 뜻밖에 겪고 부딪히며 깊숙이 나의 일부가 되다시피한 것들은 무엇이었던가. 내가 원했던 일, 뜻밖에 겪고 부딪쳤던 일 중에서 이루었던 것은 무엇이고, 이루지 못한 것은 무엇인가. 나는 우연히 이루고 얻은 것들, 행복한 것들, 불행한 것들, 그 모든 리스트(lists)를 정리할 수 있고, 제대로 평가하면서 득과 실을 판단하고 계산해 낼 수 있을까?

우리는 이루 셀 수조차 없이 수많은 것들을 몸속에, 또 머릿속에 담고 있고 기억하고 있다. 기억의 한계는 없다고 하지만, 우리의 기억은 매우 유한한 듯이 되새김할 뿐이고, 돌아보니 우리의 삶은 빈약하기만 하다. 한편으로 나는 부끄럽지만, 스스로 유치하면서도 원천적인 질문에 매달리며 답답해하기도 한다.

나의 삶은 가치가 있는 것인가?
도대체 인생이란 무엇인가?
그동안 나는 왜 살아온 것인가?
나는 무엇으로 살아온 것인가?

아무튼 나는 아버지와 어머니의 자식으로 태어나서 이분들과 부모 자식의 관계를 맺게 된 것에 감사한다. 그리고 많은 세월이 흘렀다. 아버지는 이미 저승으로 가셨고, 어머니도 병석에 계신 상태로 오래 머무르시지는 못할 처지다. 이분들은 지나간 긴 세월 동안 나를 낳고 키우고, 이 땅에서 살게 해주셨다. 늘 삶의 중심이 되기도 하셨고, 길잡이가 되거나 버팀목이 되기도 하셨다.
기억할 수도 없을 정도로 많은 순간마다 이분들의 노력과 애씀이 함께했고, 내가 모르거나 미처 깨닫지 못했던 무수한 애정을 나를 위해 쏟아부으면서 관심을 기울이고 신경을 쓰셨다. 그리고 이렇게 남겨놓은 유산(遺産)들이 나를 위해 쓰이는 불멸의 자산이 되어 있다. 물론 그 유산은 돈이나 물질적인 것만은 아니다. 오히려 그런 것들보다는 언제라도 마음에서 작용하는 정신적인 유산이며, 인간을 지배하는 강력하고 무겁고 중요한 자산이다. 인간을 인간답게 하고, 인간을 바르게 이끌면서도 인간이 가진 것들을 모두 유용하게 쓸 수 있도록 영향을 주고 베푼다는 뜻이다. 그래서 어떤 경우에도 흔들리지 않고 바로 서거나 제대로 갈 수 있도록 도움을 줄 수 있다.

아버지와 어머니는 그런 것들은 물려주셨다.

나는 앞으로 얼마를 더 살아갈지는 모르지만, 그것들이 여전히 내 삶의 내용이 되는 길이와 깊이와 높이를 채우고 바로 잡아주는 기준이며 추(錘)가 되어 줄 것이라 믿는다. 또한 여전히 성장하도록 부추기고, 부족한 부분을 채우고, 해야만 할 일들을 해낼 수 있도록 힘을 주거나 북돋우는 에너지원이 되기도 할 것이다.

내가 조금 나이가 들었다고 해서 아버지와 어머니 같은 수준이 될 수 있는 것이 아니듯이, 당신들은 늘 나를 지켜보시며 당신들이 원하고 바라는 곳에서 나를 기다리며 이끌고 계실 것이다. 그래서 나는 늘 두 분의 어린 자식으로 살아가며 내 명(命)을 채우게 되는 것이다. 그리고 이렇게 우리가 이 땅에서 사는 동안의 역사와 이야기는 나의 수명이 다할 때까지 이어지다가 결국은 한 단원이 채워진 후에야 마무리가 될 것이다.

제5부 그리움을 그리다

할아버지와 손자(1)
할아버지와 손자(2)-아들의 축구화
추억의 사진첩-나들이
기억에 대하여
어머니와의 소풍
나는 지금 나이 드는 중이다
어머니!

할아버지와 손자(1)

할아버지는 내가 7살 때 돌아가셨다.

돌아가신 날의 기억이 어렴풋이 난다. 건넌방에 바로 두 살 아래 여동생, 그리고 갓난아기인 둘째 동생과 같이 있었던 것 같다. 안방에서 어른들 우는 소리가 들리고, 철없던 나와 여동생은 상황도 모르고 따라 울었다. 할아버지가 편찮으셨던 것도, 그래서 돌아가신다는 것이 무엇인지도 알 수 없었던 그때, 그래도 분위기 파악은 했었던가 싶다. 그렇게 할아버지는 돌아가셨고, 그 이후 치러졌을 장례식은 기억도 나질 않는다.

이처럼 내가 기억하는 할아버지와 관련된 일화는 별로 떠오르는 것이 없다. 할아버지와 쌓았을 기억 거리가 분명 더 있을 텐데, 할아버지는 손자인 내게 어떤 식이든 할 수 있었던 소통의 신호를 자주 보내셨을 터인데 나는 기억해 내지 못하고 있다. 아이의 한계라고 돌려놓기에는 너무 아쉽고 죄송하다.

할아버지와 함께 살았던 6년여 동안, 할아버지에 대한 기억은 두 가지 정도를 더듬어 볼 수 있겠다. 매우 가슴 뭉클하고 고마운 일이어서 결코 잊을 수 없는 일이다.

할아버지가 돌아가신 해의 일이다.

내가 7살 때 할아버지가 나무로 팽이를 깎아 만들어주신 적이 있다. 당시에 나는 할아버지에게 무슨 일이 일어나고 있는지 전혀 모르던 철부지였는데, 방에 계시던 할아버지가 밖에서 내가 울며 들어오는 소리를 들으시고는 무슨 일이냐고 물으셨다. 팽이 때문에 일어난 일이라는 것을 아시고는 그 길로 두말없이 낫을 들고 나무로 팽이를 깎아 만들어 주셨다. 나는 당연히 기쁜 마음으로 그 팽이를 들고 나가 놀았을 텐데, 내가 팽이를 가지고 놀았던 기억은 나지 않는다.

그러나 우는 손자를 옆에 앉혀놓고 팽이를 깎아 만드시던 할아버지의 모습, 그 투샷(two shot)만큼은 내가 명확히 기억하고 있는 그림이다.

이 일을 어머니께 나중에 들으니, 할아버지는 병환이 깊어져 치료차 인천 사는 작은 아들, 내게는 작은아버지 댁에 가셔서 몇 달간 병원 진료를 받았지만, 차도가 없자 다시 집으로 내려와 누워 지내시던 상황이셨다.

그런 일이 있고 나서 몇 달 후에 돌아가셨으니 병환이 위중한 상태였음에도 맏손자의 울음소리에 손자에게 해 줄 수 있는 사랑의 표시를 그렇게 하신 것이었다.

또 하나는 할아버지와 함께 찍은 사진이다.

환갑잔치 사진인데, 내가 세 살쯤이었으니 할아버지의 환갑잔치에 대한 기억은 있을 리 없지만, 사진 속의 나는 할아버지 품에 안겨 있다. 그때 손자란 나밖에 없었으니 당연히 내가 있을 자리였을 것이다. 물론 어머니가 안거나 아버지가 데리고 찍었을 수도 있었겠지만, 나는 할아버지의 무릎에 안겨 사진을 찍었다. 설령 다른 손자들이 있었더라도 장손인 내가 그 자리에 있었을 것이라는 생각이 든다. 느지막이 본 귀한 손자라고 생각하셨을 테니 우선 할아버지가 나를 안고 찍으셨을 것이다.

아무튼 그 사진 속의 할아버지와 손자는 지금 내가 보기에도 매우 가깝고 잘 어울려서 좋아 보인다.

그 어울림에서 나는 핏줄로 맺어진 할아버지와 손자 사이의 닮음과 동질적 분위기를 쉽게 찾아낼 수 있다.

사람에게 어떤 일이 어떻게 기억되고, 또 의미 있게 재설정될 수 있는가는 바로 이런 상황처럼 다양한 요인들이 연결되면서 이루어지는 것 같다. 내게는 할아버지와 이런 에피소드(episode)로 연결된 소중한 기억이 남아 있다.

불과 6년간 함께 살았고, 수많은 일들이 기억 속에 없다고 해도 이 기억만으로도 나는 영원히 할아버지에 대한 애틋함과 그리움을 간직하게 된다. 그리고 할아버지의 생애와 관련하여 겪으셨던 수많은 일들에 대해 긍정적으로, 또 사랑으로 바라볼 수 있게 된다.

내가 기억하는 할아버지의 인자함과 편안함은, 할아버지에 대한 많은 것들을 알 수 없으니 부분적인 것이라 해도 어린 아이 때 내 마음에 지각된 기억을 기반으로, 그 이후엔 세상의 수많은 경우로부터 알게 된 판단 근거를 바탕으로 한다. 이렇게 할아버지는 따뜻하고 다정하시며 누구보다 당신의 피붙이인 손자를 사랑하신 어른으로 나에게 각인되어 있다.

지난주 할아버지 제사를 모셨다.

제사상은 소박하기 짝이 없었지만, 어머니의 도움과 맏며느리인 아내의 노력, 제수씨들의 협력으로 정성껏 제물을 준비하여 제사를 모셨다. 아버지가 안 계시는 가운데 모신 첫 제사였다. 아버지의 부재(不在)가 뜻하는 여러 의미로 인하여 슬픈 생각이 많이 들었다.

세상이 변해도 머물러 있고 그대로이길 바라는 것들은 이렇게 뜻과 같지 않다. 점점 서글픔이 늘고 있다. 어머니도 이제는 거동이 불편하시니 제사에 참석하러 오실 수 없고, 작은아버지 두 분도 내 집으로 오는 먼 길이 예전 같지 않으니 오시기가 쉽지 않아 잘 참석할 수도 없게 되었다.

세월이 흐르고 세상이 바뀌니 제사 지내는 것도 예전 같지 않다. 요즘 대부분의 가정에서는 종교의 이름으로 또는 세상의 문화적 환경이 달라졌다는 이유로 제사 모시는 일을 기피(忌避)하기까지 한다.

한편 생각해보면 다만 조상, 그것도 살아서 추억을 공유한 어른에 대한 추모 의식일 따름인데 사람들은 지나치게 많은 핑계와 이유를 들며 오래 이어져 내려온 우리의 아름다운 풍속을 왜곡시켜 사라지게 하고 있다. 세상의 변화를 어찌 거스를 수 있을까 하면서도 매우 아쉽고 안타깝다.

그러나 살아 계실 때 받은 사랑을 돌려드릴 방법이 이것밖에 없고, 제사를 모시는 것은 살아있는 사람이 할 수 있는 최소한의 예의이며 존재성을 확인하는 의식이 아닌가.

그런 점에서 아직도 제사 모시는 데 정성을 기울이는 아우들, 그리고 아내와 두 제수씨가 고마울 따름이다.

할아버지와 손자(2)-아들의 축구화

내 아들은 아버지의 손자들 가운데 한 명이고, 장손자이다.

예전이나 지금이나 장손은 원하든 그렇지 않든 장손으로서의 위치와 역할이 있다. 내 아들은 나의 아들로 태어나면서 나처럼 우리 집안의 장손이 되었다. 물론 요즘은 옛날처럼 한 집안을 이어가는 의무들이 그리 막중하지는 않아서 큰 부담이 주어지지는 않는다.

과거에는 책임만큼이나 권한이 따랐고, 그에 걸맞은 능력도 부수적으로 필요했으나, 오늘날은 그런 시대가 아닐뿐더러 물리적이고 세속적인 책임 권한 능력 같은 것들은 사라지고 없다. 다만 마음으로부터의 책임과 의무, 상징적인 위치가 있을 뿐이다. 따라서 태어난 운명이 그러니 그저 마음으로 능력에 닿는 선에서 장손(長孫)의 삶을 살면 되지 않을까 싶다.

나는 아들에게 강요하고 싶지는 않지만, 마음으로는 어느 정도 '맏이'로서의 듬직함과 그에 맞는 봉사적 책임은 느껴주기를 바랄 뿐이다.

아들은 지금 제대를 두어 달 앞둔 군인이다. 남들보다 많이 늦게 군대에 갔다. 나이 어린 사촌 동생들이 제대할 때쯤 입대했으니 한참 늦은 나이로 군인이 되었다. 아버지 입장으로 걱정도 한둘이 아니어서 잘 견뎌내려니 하면서도, 군대란 계급과 복무 기간으로 서열이 정해지고 철저한 상하관계의 문화이니 염려가 사라지지는 않았다.

그런데 벌써 군대 생활을 한 지 두 해를 넘겼고, 세월이 흐르는 동안 너무나 군 생활을 잘할 뿐만 아니라 모범적인 군인, 칭찬받는 군인으로 복무하고 있으니 다행 정도가 아니라 자랑거리로 생각하고 있다. 대단한 일은 아니라 해도 군대에서 얼마나 모범적으로 생활을 하였으면 동기생보다 특진하여 상병 계급을 한 달 먼저, 병장은 두 달 먼저 진급했다는 소식까지 들었다.

이런 경우는 내 주변에서 들어 본 적이 없었기에 속으로 기특한 정도가 아니라 대단한 일로 여기게 되었다. 또한 마른 체형이어서 체력이 약하다고 여기고 있었고, 나이도 동료들보다 훨씬 더 먹은 애가 '특급전사'가 되어 열심히 지내는 것을 보니 과거의 나와 비교해 봐도 멋지게 여겨지고 자랑스럽게 생각되었다.

이렇게 말하고 보니 팔불출로 비칠까 싶어 조금 민망하기는 하다. 사실을 얘기하는 것이라 해도 남들에게는 아들을 자랑하는 모습으로 보일 수도 있을 것이다. 아무튼 아들은 지난해 할아버지가 돌아가셨을 때 휴가를 나와 빈소를 지켰고, 작은아버지들 옆에 서서 장손으로 할아버지의 문상을 받았다. 한편 언제 저리 컸나 싶게 든든하면서 여러 회한이 느껴지기도 했다.

오래전, 아버지는 손자에게 줄 빨간색에 검은색 무늬가 들어간 가죽 축구화를 사가지고 갑자기 집에 오신 적이 있었다. 아마 아들이 중학생 때였을 것이다.

한참 크는 아이들은 뛰어놀면서도 친구들과 어울려 축구 같은 단체 운동을 하기도 하는데, 아들도 다른 아이들처럼 축구를 좋아하는 듯이 보였고, 시간만 나면 축구를 하며 노는 것 같았다.

그런데 축구를 할 때 대부분의 아이들이 일반 운동화를 신지 않고 축구화를 신는다는 사실을 나는 잘 알지 못하였다. 내 아들은 그때 축구화가 없었다. 조카들을 봐도 모두 축구화가 있었으며, 아들의 친구들도 대부분 축구화가 있었을 터였다.

아들은 밖에서는 그렇지 않다는데 집에서는 별로 말이 없는 편이었다. 마침 그때 사춘기에 접어든 탓도 있었을 것이고, 전기기타를 배우며 음악을 한다는 데에 내가 별로 호응해 주지도 않고 해서 이래저래 실망한 탓인지 몰라도 집에서는 축구화 사달라는 말을 하지 않았던 것 같았다.

결국 내 아들만 축구화가 없는 모양새가 된 셈이었다.

그런데 아버지께서 이걸 어떻게 아셨는지 매우 속상해하셨던 모양이다. 무슨 큰일처럼 내 손자, 장손자에게 축구화가 없다는 사실이 내심 안 되어 보이셨던 것이다. 축구화를 사줘야 한다면 내가 사주거나 아내가 사주면 되었을 텐데, 아마 그때 바로 축구화를 사주지 못했던 것 같다.

어느 날 아버지께서 손자의 축구화를 사가지고 갑자기 우리 집으로 오신 것이다. 우리 집은 아버지가 사시는 경기도 안산에서 전철로 1시간 반 이상 타야 올 수 있는 노원구 상계동이었다. 아들의 축구화를 사 오신 아버지는 그 축구화를 애한테 전해주라고 하시며 얼마 계시지도 않고 곧바로 돌아가셨다. 상세한 설명도 없이 축구화만 전해주시고 제대로 차 한 잔도 안 드시고 가신 것이었다.

그런 식으로 설명다운 말씀도 없으셨지만, 이 일이 왜 그렇게 나를 뭉클하게 했는지 모르겠다. 물론 할아버지가 손자에게 얼마든지 선물로 축구화를 사줄 수 있는 경우인데도 나는 이것을 단순하게 받아들일 수 없었다. 선물 받은 당사자인 아들은 그때 어떤 마음이었고 지금은 어떤지 알 수는 없지만, 나는 내 마음대로 상상해가면서 아버지의 생각을 일방적으로 이해하고 받아들인다.

당시 아버지의 마음과 그것을 실천에 옮기시는 아버지의 모습이 고스란히 내 머릿속에 그려졌고, 그것이 지금도 잊히지 않는다. 아마 평생 기억에 남아 있을 것이다.

얼마 전 그 축구화를 신발장에서 꺼내 확인해 보았다.

별로 신지 않았는지 지금도 멀쩡하다. 크는 아이들이니 얼마 신지 못하고 작아져서 그냥 놔두었을 수도 있고, 아들도 그 신발이 좋고 귀해서 아껴 신었기 때문에 그랬는지도 모르겠다. 남겨진 유물들은 이렇게 이야기(story)가 되어 사람의 기억 속에 각인되고, 그래서 그들의 인생 스토리의 한 부분을 채우면서 오랫동안 이어가게 된다.

아버지의 조용하지만 따뜻한 마음과 사랑이 묻어 있는 아들의 축구화, 아들의 것이지만 내가 챙기고 싶어진다.

추억의 사진첩—나들이

가족 모두가 경복궁에 놀러 간 적이 있다.

내가 고등학교 2학년 때이니 오래전 기억이다. 비교적 젊은 부모님과 세 동생, 그리고 나, 어찌 보면 단란한 가족의 나들이였다. 그렇게 가족 모두가 나들이를 간 것은 비록 서울 시내 고궁(古宮)일망정 처음 있는 일이었다. 아이들이 더 크기 전에 가족 모두가 함께하는 추억을 만들고자 한 부모님의 뜻이었을 것이다. 또한 넉넉지 않은 형편에 마음과 시간적 여유가 없었을 아버지가 큰마음으로 했던 나들이였을 것으로 생각한다.

그때 찍은 사진이 집안 사진첩 어딘가에 있다. 여유로운 생활 형편이 아니었으니 맘껏 호사를 부릴 수도 없는 나들이였으나, 가족 나들이로서는 충분히 뜻깊은 시간이었다는 생각이 든다. 그날 우리는 경복궁의 여기저기를 다니면서 하루를 알차게 보냈던 것으로 기억한다. 나들이 복장이 따로 없었던 나는 교복에 모자까지 쓴 상태였고, 중학생이었던 여동생의 차림도 그랬던 것 같다. 그렇게 우리는 경복궁 곳곳과 경복궁 안에 있는 박물관을 구경한 후 버스를 타고 집으로 왔고, 그 이후로 어린 시절 동안에는 더 이상 가족 전체의 나들이는 없었으니 떠오르는 기억은 없다.

세월이 흘러 나이 들고 성인이 되어 동생들까지 모두 가족이 생긴 이후에 여러 번 전체 가족 여행을 다녔다. 강원도 해안가, 고성, 속초, 설악산, 제주도, 충남 태안 해안가 등 몇 군데가 떠오른다. 세월은 어느 사이 세상도 바꿔 놓고 사람들도 바꾸어 놓는다. 국민학교(초등학교) 학생이던 동생들은 이미 성인이 되어 부모님을 모시고 여행을 다니면서 그 지역의 맛있는 음식을 사드리고 명승지를 찾아가며, 혹시라도 가고 싶은 곳이 있다면 어디라도 모시고 다녔다.

충청도는 고향이니 비교적 자주 다니는 곳이지만, 모든 식구가 태안 바닷가로 갔던 것은 처음이었다. 충남 태안의 신진항에 갔던 기억이 난다. 그때 아버지는 태안에 대해 이런저런 말씀을 하셨는데, 제대로 듣지를 않아서 그 내용이 정확히 생각나지는 않는다. 평소에 꼭 필요한 것이 아니면 잘 말씀하시지 않는 편이라서 평소에 들을 수 없는 귀한 말씀이었을 텐데, 참으로 아쉽게 여기고 있다.

대략 태안 어딘가에서 한약방을 하셨다는 증조할아버지에 대한 말씀 같은데, 얼핏 들은 그 지역을 내가 기억하지 못하는 것이 아쉽다. 음식을 주문하고 먹고 마시며 분주할 때 어설프게 들었던 탓이다. 증조할아버지께서 젊은 나이에 돌아가시는 바람에 증조할머니와 할아버지 형제분들이 어린 시절 고생하셨다는 이야기를 알고 있기에 그에 관해 추가될 이야기였는데, 그때는 별 관심을 두지 않았던 탓으로 그리되고 말았다.

그리고 나중에 알게 된 사실이지만, 아버지가 사범학교를 졸업하고 근무를 시작한 첫 부임지가 태안의 근흥이었다. 학교 이름은 '근흥공립국민학교'였던 것 같다. 당신에 대한 말씀은 따로 잘 하지 않으시니 알 수 없었는데, 오랜 시간이 지나서야 그것도 어머니를 통해서 첫 직장이 태안의 근흥공립국민학교라는 것을 알게 되었다. 그때 그런 사실을 미리 알았더라면 좀 더 상세하게 아버지로부터 처음으로 교사가 되어[당시에는 일제 강점기라 훈도(訓導)라고 하였다] 근무를 시작했던 당시의 이야기나 소회(所懷)를 들을 수도 있었는데, 이 또한 이뤄지지 못했다.

2001년 겨울, 제주도를 다녀왔던 여행은 동생들이 매우 열심히(?) 아버지 어머니를 위해 준비한 여행이었다. 다소 추운 겨울이라 조금은 아쉬움이 있었지만, 무척 알차게 다녀왔다. 다만 나는 그때 아내와 두 아이가 캐나다에 가 있는 중이어서 혼자 참석할 수밖에 없었지만, 다른 세 동생은 가족들이 모두 참가하여 온 가족이 김포공항에 모여 함께 비행기를 타고 출발하여 제주도에서 며칠간 넓은 콘도에 묵으며 즐겁게 지낼 수 있었다.

이 여행은 두 남동생의 특별한 의도가 있었다.

아버지가 환갑이었을 때 환갑 기념으로 부모님이 단체관광 여행으로 제주도를 다녀오신 적이 있었다. 그때 나만 결혼해서 분가해 살고 있었고 동생들은 부모님과 함께 지내고 있었으니 제주 여행 후일담을 들었을 것이다. 그런대로 즐겁게 여행을 다녀오셨지만, 여행 중에 아버지가 좋아하시는 해산물을 여행경비를 아끼려는 마음으로 충분히 드시지 못했다는 얘기를 어머니에게 들었던 동생들이 그것을 기억하고 있었다. 제주도에 가면 해산물을 마음껏 드시게 하겠다고 작정하였다는 것이다.

그때 우리는 그 어느 때보다 풍족하게 먹고 마시며 지냈다. 사람의 기억은 그것이 시시콜콜할지라도 가슴에 메듯 남게 되기도 한다. 그 깟(?) 것이 무어라고 평소의 아끼는 마음이 앞섰다고 해도 특별한 날이고 기회이니 기분을 내실 만도 한데 그렇게 하지 않은 아버지의 마음을 동생들은 세세하게 기억하며 그 뜻을 이해하고 있었다. 이런 동생들이 고마웠다. 그리고 그것을 갚아 드리려고 별러서 그런 실행을 한 것이 기특하였다.

나는 그때 식구들이 있는 캐나다로 가야 하는 일정을 오래전에 정해놓았던 탓으로 끝까지 함께 하지 못하고 미리 가족들과 헤어져야 했던 것과 내 식구들이 그 여행에 빠진 데 대해 미안하고 아쉬웠지만, 이 여행은 무엇과도 바꾸지 못할 소중한 추억이 되었다.

여행이나 나들이는 기억을 남기고 떠올리게 하는 소중한 체험이다. 오래도록 잊을 수 없는 경험과 기억은 살아 있는 중에는 잊히지 않고 지속하게 되어 있으며, 나아가 세월이 가고 아버지께서 이 세상을 떠나시게 되니 여느 기억이 아니라 가슴을 메이게 하는 소중하고 귀한 기억이 되어 남아 있게 된다.

기억에 대하여

신기한 일이다. 평소에는 잘 인정하기 어렵지만, 사람마다 비슷한 경험이 꽤 있을 테니 새삼스러운 일은 아닐 수 있다.

네다섯 살 때의 기억이 또렷이 떠오를 때가 그런 경우다. 우리가 살아가며 겪는 셀 수 없을 정도로 많은 에피소드 중 어떤 것들은 이렇게 생생하게 떠올려진다.

유년 시절(유아 시절이 맞겠지만), 그때 나는 막내 고모의 손에 이끌려 큰 고모 댁에 놀러 갔다. 그때 그 떠나는 순간의, 그러니까 엄마의 손을 떠나 비교적 젊은 고모의 손을 잡고 나의 활동 영역에서 꽤 멀리 벗어나는 순간의 그 장면은 확실하게 기억나지 않는다. 어머니는 다소 염려도 하였을 것이다. 어린 나도 처음 엄마로부터 벗어나는 것이니 어떤 상태였을까? 그리고 그때 고모의 나이는 나보다 12살 위였으니, 16~7세의 청소년이었고, 걸어간다면 서너 시간, 버스를 타도 꽤 시간이 걸리는 예산이었으니 보내는 사람으로서는 마음을 놓을 수 없는 순간이기도 했을 것 같다.

아무튼 내가 막내 고모와 함께 큰 고모 집으로 가서 하루를 잤던 기억이 잔영처럼 언뜻언뜻 그려진다. 하루였는지 이틀이었는지는 잘 모르겠다. 그 후 집으로 돌아오던 때의 조각된 기억도 남아 있다. 집 뒷마당께 작은 야산 비탈에서 갈퀴 같은 것으로 일을 하시던 나의 어머니, 하얀 옷(치마저고리였을 것이다)을 입은, 젊고 고운 얼굴의 나의 어머니가 환하게 나를 맞았던 장면이 떠오른다.

정확하다고는 할 수 없지만, 이런 장면이 이미 오래전부터 내 기억 속에 각인되어 있었다.

지금 연세가 아흔다섯이시니 더 이상 젊었을 때의 모습은 연상되지 않겠지만, 내가 그리는 그때 그 젊은 모습의 어머니는 늘 그 모습 그대로 내 기억 안에 있다. 아마 다른 사람들도 이렇게 그리는 모습이 있다면 나와 같은 경우일 것이다.

며칠 전 어머니를 모시고 머리를 커트하러 미용실에 갔었다.

미용사가 묻기에 나이를 말하니 "참 고우시네요."라고 해서 접대용의 빈말이라도 반갑고 고마웠다.

순간적으로 그 미용사도 예쁘고 고운 젊은 여성의 모습을 연상하며 지금의 모습에 이입(移入)하고 있다고 생각해보지만, 실제 젊은 여성의 모습에 어찌 빗댈 수가 있겠는가?

어린아이의 기억 속에도 젊고 예쁜 엄마가 좋았고, 하루나 이틀을 떨어져 있다가 다시 만난 어머니는 더할 수 없이 기쁘고 반가웠을 것이다. 지금 내 입장에서 생각하면 모자(母子)의 상봉 장면은 좀 쑥스럽지만, 남의 장면인 듯이 당시를 연상해보더라도 생생하게 그려진다는 것을 느낄 수 있다.

경험과 기억은 상관관계가 있다. 우리가 살아가는 동안 알거나 겪게 된 경험의 많은 부분은 기억으로 저장된다. 우리가 인지하고 인식하여 어떤 대상을 이해하거나 알게 되면 대부분 기억 속에 저장되며, 이렇게 저장된 기억들은 앞으로 새로 인지하여 알게 될 것을 더 잘 이해할 수 있도록 도움을 주는 역할도 수행한다.

인간은 처음에 무(無)의 상태, 즉 백지의 상태에서 자신이 보는 것을 이해하고 알게 되면 이것들이 기초 지식이 되어 각자의 기억장치에 저장된다는 것이다. 그리고 전혀 듣도보도 못했던 새로운 것들도 기왕에 보고 들어서 알게 된, 기억에 저장된 내용들의 도움을 받아 그것을 활용함으로써 좀 더 잘 이해하고 배울 수 있다고 말한다. 그간의 인간들이 배운 깨달음이다. 주로 인지심리학자들이 하는 얘기이지만, 누구나 알만한 사실들이다.

우리는 지식이라고 하면 대단한 것으로 여기지만, 온갖 잡다한 내용들이 지식에 해당하고 우리는 이 지식을 바탕으로 살아가는 것이다. 지식(知識)은 곧 기억의 하나라고도 할 수 있고, 지식에 대해 떠올려지는 특별한 의미와는 다른 셈이다. 세상에 처음 태어나면, 다시 말해 갓난아기들은 세상천지를 모르는 순백의 상태에 있다고 할 수 있는데, 조금씩 시간이 지나면서 두리번거리며 주위를 살피고 바라보다가 가까이 있는 사람들로부터 무언가를 배우기 시작한다.

우선 소리와 보는 것으로부터 나름으로 정리하고 분석하기도 할 테고, 자주 듣고 보는 것들이 익숙해지면서 그것들을 알게 되고, 서서히 스스로 응용하기도 하며 발전적인 수준의 표현을 창조하기도 할 것이다. 그런 과정에서 서서히 놀라울 정도로 빠르게 그 수준이 올라가는 순간이 다가오면서 비로소 사람으로서의 정체성을 확인하기 시작한다고 하니, 그 나이가 4~5세라 하기도 하고 누구는 더 빠르게 3~4세라 말하기도 한다. 그 꼬마 아이가, 말도 제대로 하지 못하는 그 아이가 자아를 갖춘 인격체라 하니 잘 인정이 되지 않지만, 전문가가 그렇다고 하니 맞는 말이라 인정할 수밖에 없다.

돌이켜 보니 이미 어린 시절에도 우리는 많은 것을 겪으며 자라왔

느데, 그중에는 좋은 것 나쁜 것, 기분 좋은 것 기분 나쁜 것을 가릴 수 있는 기준들이 있었을 듯하다.

다만 살아오며 겪은 무수한 지식과 정보의 양 때문에 그것들을 감당할 수 없었으니, 그리고 떠올릴 만한 결정적이거나 인상적인 내용이 아니어서 잘 생각나지 않을 수도 있을 것이다.

아무튼 이 기억(記憶)이라는 것은 모두 다 같은 기억 거리 가운데 하나이면서도 어느 것들은 그 비중이 전혀 같을 수 없는 경우도 많다. 특히 어머니를 떠올리게 하는 기억들이 그렇다. 어머니에 대한 기억은 아주 특별한 것이어서, 이렇듯 꼬마 아이 때의 기억조차도 예사롭지 않다.

어린아이들은 본능적으로 자신의 관심을 끄는 흥밋거리가 아니면 눈길도 안 주는 특성이 있어서 그것들에 대한 지각과정조차 일어나지 않았으니 기억이 만들어지지 않고, 따라서 기억조차 없게 된다. 아이들이 보고 들은 무수한 것들은 설령 대부분이 필요했더라도 그리 관심 끌 만하지 않았을 수도 있다. 그렇더라도 대개 어머니에 대한 부분에는 그렇지 않은 반응을 보인다.

일전에 아파트 단지 내에서 겨우 돌이나 지났을 아이를 유모차에 태워 산책하고 있던 젊은 엄마를 보았다. 멀찍이서 본 모습이지만, 유모차를 세워놓고 아이를 바라보는 그 엄마의 행복하고 사랑스러운 모습이 나를 아주 뭉클하게 하였다.

자기의 아이와 눈맞춤을 하며 그리 사랑스럽게 대하는 엄마의 인상은 갓난아이일지라도 충분히 교감으로 전해질 것이라는 생각이 들었다. 그런 것이 모자(母子) 사이인 것이다.

내가 새삼 이런저런 어머니에 관한 내용들을 정리해보면서 뚜렷한 에피소드가 아니더라도 어렴풋한 영상으로나마 과거의 기억을 떠올릴 수 있는 것도 어머니가 내게 준 사랑의 기운이 전달된 덕분이라 생각한다.

세월이 많이 흐르는 동안, 내 안의 기억 저장장치에는 엄청난 기억들이 쌓이게 되었을 것이다.

그중에서 나를 지배하는 생각이나 정신세계에 영향을 끼친 무수한 기억 중에서도 유독 어릴 때 어머니가 내게 주신 크고 작은 기억의 영향력이 크게 작용하리라 여겨진다. 그러니 유아 때의 기억이, 비록 나의 신체적 조건에 의해 제대로 인출되지는 못하고 있지만 분명하게 잔영(殘影)으로나마 나를 자극하고, 그래서 행복하게 해준다. 한편으로 그런 어머니의 연로하신 모습과 그와 더불어 유발되는 이런저런 행동에 대해 서글퍼지기도 하지만, 어린 시절 어머니와의 기억 속에서 조금이나마 위안을 찾는다.

어머니와의 소풍

이제 어머니는 지난날의 일들을 잘 기억하지 못하실 것이다.

굳이 확인하지 않아도 요즘 어머니는 예전 같지 않다.

수많은 집안 친인척들의 웬만한 기념일은 모두 꿰차고 계실 정도로 꼼꼼하고 정확한 기억력을 가지신 분인데, 세월과 노화는 당할 수가 없는 것이다.

그러니 오래전 어머니가 어린 나를 데리고 다니셨던 일들을 지금도 기억하고 계시는지는 장담하기 어렵다. 아니 기억하지 못하실 것으로 확신한다. 가끔 예전 일을 기억하시는지 물으면 어머니 자신도 제대로 기억해내지 못한다는 것을 알고 계시고, 무언가를 물으면 기억이 안 난다고 하신다. 씁쓸한 일이다. 사람의 일생은 추억으로 풍요롭고 즐거운 법인데, 이렇듯 추억을 유지하고 즐길 시기를 넘어서 버리니 한 생애의 허무함이 느껴진다.

내가 어머니와 함께한 세월이 60년을 넘어서고 있으니 수도 없는 기억 거리가 있지만, 그중에서 흐뭇하면서 애달프기도 한, 그래서 마음 뭉클한 일들은 예사롭지 않게 나의 기억에 자리하고 있어서 이 나이가 되어서도 여전히 생각이 난다.

집안의 장남으로 태어난 나는 어머니에겐 좀 특별한 자식으로서의 위상을 가지고 있었음이 분명하다. 전통적으로 여러 자식이 있어도 아들이고 맏이라면 다른 동생들과는 다른 인식을 갖는 사회적 분위기와 어린 나이에 일찍 세상을 뜬 딸자식 이후에 한동안 자식이 없다가 태어난 것이 나였으니, 어머니가 나를 특별 대접한 것은 매우 자연스러운 일이었을 것이다. 그러니 동생들이 (실제로는 그럴 리 없겠지만) 어느 정도는 부러움과 시샘을 담아 나에 대한 어머니의 태도에 대해 가끔 언급하기도 했던 심정을 잘 이해하고 있다.

내가 클 때인 1960년대는 우리나라가 여러 면에서 부족한 것이 많았고, 먹고사는 문제는 심각한 수준이었다. 더구나 우리 집은 시골에서 생계를 위해 도시로 이사한 상태였으니 생활 기반이 아주 취약하였다. 가난한 살림 속에서 근근이 생계를 꾸리고 미래를 위한 준비도 해야 하니 가외의 활동이나 일상생활이 편안하거나 넉넉할 수가 없었다. 이런 형편에도 어머니는 나를 꽤 신경 쓰면서 무언가를 해주시려고 애쓰셨던 것으로 기억한다. 이것이 내가 어머니의 뜻을 이해하며 내게 베풀어주신 보살핌을 잊지 못하고 특별한 기억으로 담아 두는 이유이다.

그러면서도 어머니로서는 형편이 넉넉하지 못해 마음껏 해주시지 못하는 데 대해 가슴 아파하셨을 것이다. 그래서 어떡하든 방법을 만들어 나를 위한 이벤트를 해주신 것으로 생각한다.

나는 어머니가 내 아홉 살 생일 때 동생들과 함께 소풍을 갔던 일을 여전히 생생하게 기억하고 있다. 지금까지 수많은 생일을 기억하지만, 어린 내가 기억하는 첫 번째 생일이기도 한 그날은 지금도 생각하면 가슴이 미어지듯 뭉클한 추억으로 떠오른다.

아홉 살의 내 생일이었던 그날은 어느 여름날이었다. 어머니는 나와 동생들을 데리고 집 근처인 '석바위'로 소풍을 갔었다. 그때 우리가 살고 있던 동네에서 멀지 않은 곳이다. 우리가 살던 주안동은 지금이야 인천 시내 한복판이 되었지만, 그때는 변두리에 속했다. 야산 기슭에 과수원이 있었고, 동네가 들어서는 중이었으며, 새로 넓히는 도로 건너편의 야트막한 산기슭에 크고 작은 바위들이 몰려있어 요즘의 공원처럼 사람들이 놀러 오기도 하는 그런 곳이었다.

그때는 우리가 고향인 충청도를 떠나 인천으로 이사를 온 지 1년쯤 되었을 무렵이었다. 아버지는 집을 떠나 서울에 계시면서 경제 활동을 하셨고, 어머니가 혼자서 어린 자식들을 키우는 상황이었다. 내 생일날, 어머니는 동네 떡집에서 떡을 이것저것 사신 다음, 나와 7살, 4살, 돌이 곧 다가오는 막내 동생까지 고만고만한 애들 넷을 데리고 큰아들의 생일을 기념하기 위해 '석바위'로 소풍을 갔다. 30대 후반의 젊은 엄마는 생활 형편에 여유가 없었지만, 그런 식으로 아이들의 기념일을 챙겨주셨던 것이다.

그날 우리는 앉기 편한 바위에 걸터앉아 평소엔 잘 먹을 수 없었던 떡을 나눠 먹었던 것으로 기억한다. 실제 그날의 모습이 정확하지 않더라도 생각만 하여도 어떤 그림이 떠오르며, 마음을 울컥하게 한다. 정겨운 한 장면이 아닌가. 철없는 아이들을 데리고, 한편으론 당장 현실이 암담하고 미래가 걱정되기도 하였겠지만, 어머니는 장남의 생일에 소풍삼아 소박한 음식이나마 준비하여, 자식들이 함께 모여 먹게 하면서 나름 즐거운 한때를 보내도록 함으로써 자식들의 밝은 미래와 행복한 삶을 기원하고 계셨을 것이다. 넉넉하지 않아도 그야말로 흐뭇한 모습이 아니었을까. 더 잘해주고 더 맛난 음식을 차려주고 싶은 어머니의 마음은 이 정도라는 사실이 속상하셨을 수도 있었겠지만, 당신 자식들이 한자리에 모여 그래도 맛있게 먹는 모습에 무척 즐거우셨을 것이다.

그 이후로 죽, 지금까지도 그 기억을 지울 수 없다. 그것은 다른 무엇보다 강한 인상으로 남은 기억의 한 자락이며, 그것을 떠올리는 심정은 늘 간단치가 않았다.

내가 중학생이 되었을 때 아버지는 서울에서 먼 지방에 가 계셨다. 울산쯤인 것으로 기억된다.

내가 중학교에 입학한 후 교복을 입은 모습을 사진으로 찍어 아버지께 보내신다고 하신 어머니 말씀이 생각난다.

그리고 그해 초여름, 아마 현충일이었을 것이다. 어머니는 동작동에 있는 국립묘지에 나를 데리고 가셨다. 그곳에 아는 분이 계신 것도 아니고, 특별히 참배할 일도 없었지만, 어머니는 날 그곳에 데리고 가셨다. 그 뜻을 알지는 못한다. 그러나 나라를 위해 살다 가신 순국선열들이 계신 곳이니, 아마 교육적 목적으로 그렇게 하신 듯하다. 내가 국립묘지, 즉 현충원에 가본 것은 그때가 유일하다. 그러니 그때 어머니께서 나를 데리고 가지 않았다면, 평생 그런 경험을 할 수도 없었을 것이다.

무슨 상관이 있는가 할 것이다. 연고도 없는 그곳에, 애국자를 그분들의 희생정신을 굳이 챙길 만큼 특별한 까닭이 있는 것도 아니라면, '왜?'라고 생각할 수도 있을 테지만, 당시의 어머니는 나를 굳이 그곳에 데리고 가셨다. 그저 소풍 삼아 간 것일 수도 있지만, 어머니의 의도와 마음은 그저 소풍 삼아 간 것은 아니었을 것으로 생각하고 있다. 그 이후로도 그 일에 관해서는 따로 물어보지 않아서 어머니가 현충일에 유원지도 아닌 그곳으로 나를 데리고 간 이유는 알 수 없지만, 나는 내 마음대로 이런저런 짐작을 해보면서 어머니의 마음속의 뜻을 헤아려 보고자 할 뿐이다. 지금도 어머니의 뜻을 온전히 헤아리지는 못하고 있지만, 어머니의 그 생각을 예사롭지 않게 여기며 지금도 잊지 못하는 기억으로 떠올린다.

그런데 나는 그때, 그곳에 가서 현충(顯忠)에 대해 뜻깊은 경험을 했던 것보다 난생처음으로 값비싼 아이스크림이라 할 '누가바'를 어머니가 사주셔서 그걸 먹어 봤다는 기억이 오래도록 남았다. 중학생이나 되었지만, 철이 없었다고나 할까. 그리고 어딘가를 다니고 싶었지만 쉽게 다닐 수가 없었던 당시의 형편에 중학교 교복 차림으로 아주 어린 아이도 아닌 내가 그렇게라도 어딘가를 가본 사실을 두고 기뻐하였다.

그리고 중학교 2학년 때는 어머니가 나를 창경원에 데리고 가셨다.

동생들은 집에 놔두고, 중학교 2학년생인 나만 데리고 그곳엘 갔다. 후에 창경궁으로 원상 복구를 했지만, 당시엔 일제 강점기 때 궁궐을 동물원으로 바꿔 놓았던, 그래서 창경원으로 불린 그곳의 동물원 식물원 구경을 하러 갔던 것이다. 어린이들이나 가는 창경원에 중학생인 나를 그곳에 데리고 가신 이유는 더 늦기 전에 구경이라도 시켜주시려는 의도가 아니었을까. 어쩌면 내가 은연중에 나는 창경원도 못 가봤다는 소리를 했었을 수도 있고, 그 소리를 어머니가 마음에 담아 두셨다가 벼르고 별러 데리고 가셨을 수도 있겠다.

지금은 그때 그곳에 다녀온 일에 대해 어렴풋한 기억만 남아 있을 뿐 자세하게는 생각나지 않는다. 몇 개의 놀이기구도 탔던 기억이 나고, 어린아이나 하는 전기 자동차 경주도 했던 것 같다. 집에서는 장남이니 의식적으로 큰 아이 행세를 했겠지만, 철없는 아이인 것은 어쩔 수가 없었다. 그리고 해보고 싶었지만 할 수 없었던 상황에서 그렇게라도 해봤다는 사실에 나는 속으로 기뻐했었던 것 같다.

이렇게 별로 내세울 만한 기억 거리는 아닐지라도 내게는 무엇보다 특별하고 소중하다. 나만의 기억으로 간직하던 그것들도 이제는 그 기억을 갖게 해주신 어머니가 예전 같지 않고 머지않아 우리 곁을 떠나시게 될 것이라는 생각이 드니, 지난날에 갖게 된 생각들과 의미가 더욱 더 두드러지는 것인가 보다. 안타깝기도 하고, 허무하기도 하다. 이런 것이 인생인 줄은 이미 알게 되었지만, 즐겁고 기쁜 추억으로만 떠오르는 것이 아니라 쓸쓸하고 애달프기가 그지없으니, 마음이 무겁다.

나는 지금 나이 드는 중이다

내가 점점 나이가 들고 있다는 것을 스스로 느끼고 있는가 보다.

매사에 이유를 찾고 관련이 조금이라도 있으면 연결하려고 든다. 이것이 반드시 나이 들어가니 보이는 행동이라고 할 수는 없겠지만, 전에는 안 그랬던 반응이어서 스스로 그렇게 느끼게 된다. 어느 시인이 나이 든 체하지 말라고 경고(?)하기도 했다지만, 100세 시대에 고작 60세를 넘겼을 뿐인데 자꾸 그런 생각이 든다.

며칠 전, 몇 년 전부터 계획하였던 백내장 수술을 받았다.

양쪽 눈을 모두 해야 했는데, 우선 왼쪽 눈을 먼저 했다. 다른 쪽 눈은 1주일 정도 후에 하면 되지만, 코로나바이러스 백신 2차 접종을 이미 예약한 상태라서 이를 고려해 2주쯤 후로 날짜를 잡았다. 백내장 수술은 나이를 먹으면 누구나(?) 하는 일반적인 수술이라 '노안 수술'이라고 한다는 걸 이번에 알게 되었다. 내가 기본적인 것에도 무지하다는 사실을 느끼게 되었다. 열심히 쓰기만 했지, 기본 관리에는 소홀한 나를 확인할 수 있었다.

지금까지 나는 백내장 수술에 대해 매우 신경을 쓰고 염려를 많이 하고 있었는데, 의외로 병원에서나 주위 사람들은 별로 대수롭지 않게 생각하고 있었다. 아니 원래의 제 수정체를 제거하고 인공물로 바꿔 넣는 것인데, 아무렇지 않게 생각하는 것에 처음엔 좀 의아해하지 않을 수 없었다. 그런데 이것은 내가 무지한 탓에 불과할 뿐 우리의 의료 수준에서는 부담조차 없을 뿐 아니라, 오히려 이 수술은 하면 더 좋다고까지 하였다. 실제로 수술받기 전에 준비하는 1시간 남짓 시간과 20여 분도 채 안 걸리는 시간 동안 수술을 받고, 수술 후 그 경과를 확인하기 위한 시간을 포함하여, 서너 시간만 들이면 수술한 눈에 안대도 하지 않고 두 눈 뜨고 바로 집으로 가는 매우 간단한 수술이라 하였는데, 실제로 해보니 그랬다.

오늘이 이틀째인데, 아직은 흐릿한 것이 수술 전후와 비교해서 피사체를 구분하는 데 차이를 잘 못 느끼겠지만, 확실한 것은 수술한 눈으로 바라보는 피사체들이 매우 환하다는 점이다. 두 눈으로 보는 대상에 대해 뚜렷이 다름을 명확히 확인할 수 있으니 그야말로 광명을 보는 듯하다. 이런 차이를 느끼면서 진작 수술할 걸 하는 후회를 살짝 하기도 하였다. 아마 이삼일 지나면 수술한 효과가 확연히 나타날 것이라 기대하고 있다.

나는 백내장 수술을 하기로 마음먹으면서부터 여러 번 어머니를 떠올렸다.

어머니가 지금의 내 나이였을 때, 어머니도 백내장 수술을 받으셨다. 지금으로부터 30년 전의 일이다. 당시에 나는 어머니가 백내장이 심한 상태인 줄도 몰랐다. 오히려 동생들이 이를 알고 수술을 주선한 것이었는데, 나는 그때 매우 부끄러움을 느끼지 않을 수 없었다. 집안의 장남이면서 어머니의 눈 상태를 전혀 알지도 못했고, 바로 아래 여동생이 주선하여 수술하게 되니 그제야 그 사실을 알게 되었으며, 수술 받는 날 병원에 가본 것이 전부였다.

나는 그저 할 말도 없이 뒷전에 있는 모양새가 되었다. 그리고 백내장에 대해서도 그저 가볍게 들은 상식 이하 정도로밖에는 알지 못했고, 그래서 제대로 상태를 짐작하지도 못하면서 다만 특별히 어떤 문제가 생겨 치료받거나 심하게 되면 수술해야 하는 드문 경우로 생각하며 속으로 괴로워하는 정도였다.

이것은 어머니를 살피지 못한 데 대한, 또 그런 상태까지 왔는데 내가 나서서 진찰과 수술 받는 것을 주도하지 못한 데 대해 무책임한 행동이라 생각한 나의 감정반응이었다.

어머니가 수술받던 그날 일이 지금도 생생히 생각난다.

식구들 모두 병원에 모였다. 용산에 있는 중앙대 부속병원이었는데, 그 당시 부모님은 서울에 사시다가 여동생이 사는 경기도 안산으로 이사하신 지 얼마 지나지 않았던 때였고, 그래서 어머닌 그곳에서 용산까지 오시게 되었다. 지금 내가 받은 수술과 비교하면 그때의 백내장 수술은 꽤 큰 수술이었던 것 같다.

수술을 마치고 입원도 며칠간 하셨고, 퇴원할 무렵엔 무슨 개안 수술하듯이 안대를 풀어서 수술이 잘 되었는지를 긴장된 상태에서 확인하기도 하였으니 말이다.

어머니가 수술받기 위해 입원하시고 난 후, 나는 아버지와 둘이 병원 근처 식당에서 좀 늦은 점심을 먹었다. 아버지는 식사와 함께 소주도 한 병 주문하셨다. 아버지께서도 어머니 수술에 대해 다소 긴장하신 것 같았다. 아버지는 진작부터 어머니의 눈 상태를 알고 계셨지만, 어찌할 바를 결정하지 못하고 미루다 보니 꽤 악화한 상태까지 온 것에 대해 미안해하셨다.

아무래도 비용 문제가 부담되었을 수도 있었을 텐데, 그 당시 그 수술비용을 기억할 수는 없지만, 적지 않은 비용이 들 것으로 예상하며, 젊은 자식들에게 그 비용을 부담시키게 되는 염려 때문에 내색하지 않으신 것으로 짐작은 할 수 있었다.

아버지와 함께 식사하며 간단히 반주 삼아 소주를 마셨다. 특별한 이야기가 있었던 것은 아니었으나, 그날의 그 분위기는 오랫동안 내 방식으로 기억하고 있다. 아버지는 큰아들인 내게 몇 가지 당부의 말씀도 하시고, 나에 대해 기대하는 마음도 토로하셨다. 여러 면에서 내가 동생들보다 더 낫다고 할 수는 없었지만, 그래도 큰아들에 대한 기대와 별도의 당부 말씀을 해주시는 것에 대해 난 짐짓 의무감에서가 아니라 당연히 해야 하는 역할로 받아들였다.

아버지는 물론 어머니까지 집안의 큰아들에 대한 기대감은 전통적인 관점에서 매우 자연스러운 것일 것이다. 그러나 자식들을 모두 평등하게 대하는 것이 당연하면서도, 큰아들에게 주어지는 역할은 어떤 면에서는 부담이 갈 수 있다고 여길 수도 있다.

그러나 나는 아버지의 그런 당부의 말씀이 싫지 않았다. 제대로 실행할 수도 없으면서 끌어안고 있는 것일 수도 있으나, 나는 자연스럽게 받아들일 수 있었다.

그날 아버지와 단둘의 그런 식사 자리는 자주 있는 기회가 아니었다. 아마 처음이 아니었을까 싶은데, 여러 감정이 복합되어 있었던 상황에서도 마음이 편하고 기분 좋았던 기억이 지금까지도 남아 있다.

그때 어머니의 백내장 수술은 잘 되었지만, 결과적으로는 실패였다. 시력을 원래대로 회복할 수 있는 상황이 아니었던 것 같았다. 나중에 듣고 보니 어머니의 눈은 어릴 때부터 문제가 있었지만, 혹시라도 개선될까 하여 수술해 본 것이라 하였다. 이 얘기 역시 나의 무심함을 스스로 깨닫게 하는 내용이었고, 그렇게 하여 다시 시간은 흘렀다. 그리고 비교적 자주 안과를 다니시는 것을, 그리고 내색은 하지 못했더라도 어머니의 눈이 불편하다는 것은 잘 알고 있었다. 그러나 그뿐이었다. 얼마나 불편하신지 확인하지 않았는데, 어머니는 어머니대로 그런 것을 알리고 싶어 하시지 않는다는 것을 짐작하고 있었을 따름이다.

어머니는 자식에 대해 이런저런 걱정과 염려 속에 살피고 돌보며 키우는데, 자식은 무관심하고 무심했을 뿐이니, 그리고 이리 시간이 흐른 뒤 무슨 에피소드를 기억해내듯 소회하고 있으니 어머니가 아시면 얼마나 섭섭해 하실 일인가.

30년의 간격을 두고 내가 어머니의 나이가 되어 노안 수술을 받으며 옛일을 회상해 본다. 시간이 지나면서 모든 것들이 변화하고, 의료기술 또한 크게 좋아지니 나는 이리 밝고 환한 눈으로 세상을 보며 새로운 기분에 젖을 수 있게 되었지만, 그 시절과 그때의 어머니는 그렇게 하지 못하였고, 그 이후로도 다소 불편한 눈으로 지내셨을 것이다. 이제 나이가 든 내가 다 지나간 일을 기억해내면서, 나이든 값을 하며 느끼는 회한이 커지고 있다.

젊었던 사람이 나이 들어가며 새롭게 느끼는 것들이 기대가 아니고 회한이 되고 있다. 그러니 점점 나이 드는 것을 반기지 않게 될 텐데, 그에 대한 걱정이 함께 들기도 한다.

어머니!

어머니는 지금 병원에 입원해 계신다.

집에 식구들과 같이 지낸들, 한밤중에 화장실 가면서 넘어지고 부딪히며, 어딘가에 상처를 입어도 같이 사는 식구들이 예방은커녕 보살피지도 못하니, 그나마 전문적인 요양원에 계시는 것이 낫겠다 싶어 요양원으로 가신 지 두어 달 남짓 되었는데, 방 안에 있는 화장실에서 넘어져 고관절을 다쳤다. 그곳에서도 염려하던 일이 벌어진 것이다. 이미 심한 골다공증으로 뼈마디가 매우 부실한 상태에서 대퇴부가 심하게 부스러졌다. 이런 일이 노인들에게 일어나고 있다는 것을 여러 번 들어서 알고 있었지만, 그리고 염려하던 일이었지만 막상 나의 현실에서 일어나니 어이없을 뿐이었다.

그 통증이 얼마나 심했을까? 새벽에 그 일이 벌어졌는데, 몇 시간이 지나서야 병원 응급실로 이동할 수 있었다. 나는 연락을 받고 병원으로 속히 간다고 해도 즉시 갈 수가 없었으니, 다시 또 몇 시간이 지난 터였다.

그날 나는 오전 10시가 지나서야 병원 응급실에서 어머니의 상태를 확인할 수 있었다. 정확히 몇 시에 넘어지면서 사고가 발생했는지도 모르는 요양원의 간호사. 대략 새벽이라 하는데, 그 시간이 새벽 한두 시 경인지, 아침 무렵인 5~6시 무렵인지 특정하지도 못하고 있었다. 다만 요양원 직원들이 출근하는 무렵인 7~8시경에야 어머니가 아프다고 하시니 그제서야 병원 응급실로 옮기기 위해 119에 연락하고, 나에게도 연락했는데, 그때가 9시 무렵이었다.

(나중에 병원 응급실에서 기록한 내용을 보니, 사고가 난 시간이 새벽 한두 시경인 것 같다고 되어 있으니, 무려 5~6시간 동안 어머니는 통증을 참으며, 홀로 괴로워하셨다는 얘기가 된다.)

진통제를 주사하여 통증을 덜 느낀다 해도, CT 사진으로 확인되는 상처는 참담하였다. 셀 수 없이 여러 조각으로 부스러진 뼈 사진을 보니, 아무리 노인이라 해도 사람 몸이 이럴 수 있나 싶었다.

그래도 어머니는 자식을 알아보고 반가워하며 안심하는 눈치이셨다. 기가 막히게도 제대로 보호받지 못하고 그렇게 다친 모습을 보니, 이를 어찌 받아들이고 이해해야 할지 답답하고 가슴이 미어지는 심정이었다.

어쨌든 응급실의 의사와 간호사를 통해 상황을 듣고, 앞으로 어떻게 처리해야 하는 지 이해하고 따르는 것이 우선이었으니, 병원에서 긴급하게 처치하는 것을 지켜보며, 그리고 마침 일요일이었기에 다음 날에 담당 주치의가 정해지면 진행할 예정 일정 등을 상의해야만 했다.

수술이 불가피하지만 나이가 있으니 어쩌면 수술하기가 곤란할 수도 있고, 현재 혈액의 수치가 현저하게 낮으니, 왜 그런지 이유는 모르겠으나 수술하려면 그 수치를 높여야 한다고 했다. 이것은 혈액의 양이 부족해서 오는 현상이라 수술을 위해 수혈을 해야 한다는 뜻이었다. 일단 다음날 주치의 교수에게 확인해야 할 문제지만, 그동안 어머니가 저혈압에 가까운 편이었다는 생각이 떠올랐다. 평소에도 피가 부족한 편이어서 어지럽다고 하신 것인가 하는 생각과 더불어 오늘 새벽에도 이런 상태라 정신없이 넘어지신 것인가 싶었다.

일단 벌어진 일이었다. 당장 예전으로 돌아가기는 어려워도, 이렇게 엉망이 된 부상상태의 수습이 우선이었다. 어떻게든 무사히 치료할 수 있기를 바랄 뿐이었다.

일단 기본적인 처치를 한 후, 중환자실로 옮겨 모셨다.

병원은 코로나 등으로 출입절차나 환자 접촉 등이 여전히 자유롭지 않았고, 당연히 병실까지 따라가 볼 수조차 없었다. 오늘은 더 이상 할 수 있는 일이 없었고, 내일부터 본격적으로 치료가 이루어진다니 병원 측의 처치를 따를 수밖에 없었다.

다음날 다시 병원으로 찾아가 치료를 담당할 교수를 만났다.

병원장이기도 한 그분은 이 분야의 전문가라고 하니, 한편 다행이라는 생각을 잠시 하였다.

어제 응급실에서는 수술 없이 그대로 안정하면서 뼈 부위가 굳어지기를 기다릴 수도 있다고 얘기하기도 하였는데, 주치의 얘기로는 말도 안 되는 소리였다.

어쨌든 수술을 통하여 뼛조각들을 맞추고 고정하는 게 우선인데, 그래야 예전처럼 걷지는 못해도 더 이상 악화되는(피부 등이 괴사하는) 현상을 방지하는 처치로서 불가피하다는 것이다.

당연히 그렇게 해야 한다고 수긍했지만, 어제도 언급했듯이 혈액 수치가 현저하게 낮다는 것이 문제였다.

수혈(輸血)해도 그 수치가 잘 오르지 않고, 같은 혈액형이라도 사람마다 항체가 다르게 형성되기 때문에 타인의 혈액이 들어오면서 그 항체가 다른 영향을 줄 수도 있다고 했다.

그리고 마취할 때 척추를 통해 부분 마취를 해야 하는데, 어머니 컨디션으로 보아 부분 마취가 어려울 수도 있어서 전신마취 이야기까지 나왔다.

전신마취를 해야 할 경우, 호흡은 인공호흡을 해야 하니까 호흡기를 삽입할 때 첨가되는 약품을 수술 후에는 모두 제거해야 하는데, 완전히 제거가 안 되면 후유증이 생길 수 있다고도 했다. 아무튼 병원에서 한둘이 아닌 여러 가지에 대한 염려스러운 예고를 하고 있었기에 심상치 않다는 생각과 함께 걱정이 커질 뿐이었다.

우선 수술을 통하여 부서진 뼈마디들을 바로 잡아야 했다. 그런데 뼈가 여러 조각으로 흩어진 상태라 수술 부위가 커질 뿐 아니라 철심을 심어야 하고 철사(?)로 묶어야 한다고 설명했다.

작고 늙은 어머니에게는 감당하기 어려울 정도로 매우 큰 수술임이 분명했다.

올해 96세, 오래 사는 것이 축복인가?

평생에 걸쳐 숱한 어려움을 겪으셨고, 삶의 고비마다 고생스럽지 않았던 때도 없으셨으며, 희생과 인내로 살아온 일평생이 그래도 이제는 그나마 불편하지 않고 편안해야 하는 데, 지금 노령의 어머니는 치매(癡呆) 상태에다가 이런 고통까지 겪으시는 중이다.

다행히 사고를 당한 지 5일째가 지나면서 수술을 위한 준비와 관찰 끝에 수술할 수 있는 상태가 되었고, 마침내 수술을 할 수 있었다. 혈액 관련 수치가 좋아졌고, 수술하기 전까지도 전신마취를 해야 할지도 모른다고 했는데, 끝나고 들으니 척추를 통해 부분 마취만 하고 수술을 하였다고 하니 천만다행이었다. 수술이 끝난 후 담당 의사를 만나 들으니 수술 상태도 잘 된 듯하였다. 이나마 운이 좋다고 생각하면서, 이제 이 상태로나마 안정적으로 편안히 회복하여, 더 이상 걷지는 못하더라도 휠체어 신세를 질지언정 지내는 데는 불편하지 않기를 바랄 뿐이었다.

두어 시간 남짓의 수술과 회복 시간을 보낸 끝에 어머니를 만났다. 어머니는 당신이 무슨 일을 겪으셨는지, 어떤 끔찍한 상태에서 위기를 넘기셨는지 그마저 알지 못하시는 듯하였다. 그래도 아무 일 아닌 듯 편안하고 평상시와 같은 모습이라 보기에는 안심이 되었지만, 마음은 짠하고 울적하다.

수술 이후 경과와 회복을 위해 병원에 입원해 있는 동안, 매일 같이 병원에서는 전화가 온다. 코로나 때문에, 병실 면회조차 안 되니까 병원에서는 나름대로 궁금해할 보호자들을 위해 소식을 전해주는 것이다.

어느 날은 어머니께서 자식들이 보고 싶다고 하셨다고 알려준다. 보고 싶다고 쉽게 만날 수도 없으니, 병원에서도 듣기 좋게 둘러대겠지만, 그 말을 듣고 나니 마음이 울컥했다. 입원해 있는 병원은 어머니에게 생전 와본 적도 없는 낯선 곳이고, 무슨 일인지도 모르는 채, 낯선 사람들 사이에 홀로 계시니, 자식들 생각이 나는 것은 자연스러운 반응일 텐데, 이런 냉정한 처지에서 어떻게 해보지도 못하고 방치하듯 해야 하는 현실이다.

스스로는 어찌할 바도 모르고, 이제 보호받아야 할 상태가 된 나약한 어머니, 어린 시절 때로 단호하게 자식들이 제대로 크도록 엄격하게 훈육하곤 하셨던 어머니의 모습은 이미 사라지고 없다. 사람의 생애 동안 겪는 다양한 변화과정이 때론 자연스러운 것이라 여기면서도 서글프고 안타깝다.

언제라도 본인의 모습과 생각을 지켜내기 어렵고 어느 시점에는 역할이 뒤바뀌며 살아가야 하는 운명. 이것도 인간을 창조한 조물주의 뜻이라면 어찌할 수 없다고 하면서도 우울하고 속상한 감회마저 어쩌지 못하고 있다.

지금으로선 이미 벌어진 일들을 돌이킬 수도 없으니, 이만한 상태에서 앞으로는 그나마 다행이다 싶은 일들만 일어나거나 유지되기를 소망할 뿐이다.

뒤에 붙이는 글

나는 이 책에 실린 글을 쓰면서 아버지를 제대로 알고 이해하며 쓰고 있는 것은 아니라는 사실을 잘 알고 있었다.

나는 여전히 아버지를 깊이 알지 못하는 불효자이고, 또 열심히 알고자 노력하지도 않았던 소홀하기 짝이 없는 자이며, 집념도 부족하다는 것을 스스로 알기에 이 글들은 무언가 허술하다는 점을 솔직히 나 스스로 인정하였다.

설령 아버지를 웬만큼 알고 있고 알 수 있다고 해도, 그것을 솔직하게 낱낱이 드러내어 쓸 수도 없었고, 굳이 그렇게 쓰고자 하지도 않았다. 그저 이런 식으로 적절한 거리감과 속내가 다 드러나지 않은 상태의 글을 쓰며 나 혼자의 감정을 다스리고 싶었다.

그러니 이 글들은 글의 수준과 질을 따지기 전에 저자의 이기적인 속내가 드러나는 글이라고 할 수 있다. 다시 말해 일부는 내 가슴에 담아두고 일부만 끄집어내어 그것을 글로 썼을 뿐이니, 이래저래 마음 한편에 미안함과 아쉬움이 남아 있음을 고백하고 싶다.

누구에게나 모든 것을 다 드러낼 수 없는 사정이 있다는 것을 세상 사람들도 인정할 것이다. 대단하게 세상에 자신을 드러내고 큰 영향을 준 사람조차 그런 경우가 많으니 그렇지 않은 사람에게서 그런 것까지 원하고 요구하지는 않을 것임을 잘 알기에, 그저 이 글은 글의 힘[力]도 부족한 저자가, 그러나 그리운 아버지를 생각하며 그분에 관한 작은 이야깃거리라도 기록해 두며 추모하고자 했다는 사실에만 주목해 주시길 바랄 뿐이다.

　살아가는 일이 그저 스스로 노력할 바임은 명확하지만, 그래도 그를 둘러싼 여러 다양한 힘과 조건들도 무시할 수 없을 만치 영향을 주게 마련이며, 어떤 때는 그것에 의해 자신의 의지와 상관없이 무언가가 결정되고 이루어지기도 하니, 세상살이는 자신의 힘과 판단만으로는 안 된다는 사실도 알고 있다.

　그래서 그런 구조 속에서 아버지는 나름대로 애쓰고 노력했으되 이 정도의 삶을 살다 가신 것이고, 이런 노력과 행적을 통해 당신의 삶을 마무리하셨지만, 누군가에게는 서럽고 애통하고 안 됐기도 했으며, 한편 감사하고 고마운데 그에 대해 표현할 수도 없는 것에 사무치게 미안하고 애처로움에 눈물겨울 뿐이었다.

　그러니 그것을 그리움이란 소박한 마음에 담아 회고하고 추모할 뿐이다.

　나는 여전히 속된 가치에 욕심이 남아 있고, 포기할 생각도 아직은 하지 않고 있지만, 대략은 수긍하며 받아들인다. 세상에 하고 싶고 원하더라도, 그럴 수 없는 일이 다반사이고 현재의 나는 이를 더욱 확인하고 있으니 마음뿐인 경우가 대부분이며, 그래서 흔한 감정이 입과 배설을 통해 불편함을 스스로 제어해 보려는 것이었다.

　아무튼 이 글들을 쓰며 아버지를 그리워할 수 있어서 좋았다.

　미안하고 송구한 감정을 털어내기는 어려웠어도 그저 언제나처럼 아버지는 내게, "됐다, 그만했으면 됐다."라고 하셨을 테니, 다행히 이런 아버지의 아들로 태어난 덕으로 누리는 행복감을 느껴볼 수 있었다.

　다만 이리 많은 빚을 졌는데, 아버지이니 떼어먹을 수도 있겠거니 하면서도, 다음 기회를 기약할 수나 있을까, 그럴 수 없는 아쉬움을 가슴에 담는다. 또한 어머니는 아버지와 하늘의 인연으로 맺어져, 그 어떤 일도 함께 겪지 않으면 안 되었던 동반자로서, 독립된 생애가 있었겠으나 한평생을 같은 길을 걸으며 인생을 공유하셨다. 달리 설명할 길이 없는 인간의 삶인데, 그 덕에 나는 이 두 분을 부모로 두었고, 그 어느 때라도 감사하지 않은 적이 없었으니, 나 역시 하늘의 뜻과 인연 덕이라는 것을 알게 되었다. 참으로 다행이라 여긴다.

그러나 마음은 평온하지만 넉넉하지는 않다. 속 좁은 인간의 그것이라 그럴 것이다. 마음 한구석에 사무치고 서글픈 심정을 스스로 제어하지 못하니, 남들에게 굳이 드러내지 않는다 해도 스스로에게는 세상살이의 연륜으로라도 극복하고 재해석해야 할 일이다. 지나치면 이 또한 하늘에 불경(不敬)할 수도 있을 터이니, 좋은 인연으로 맺어 세상에 살게 하신 뜻에 늘 감사할 따름이다.

감사합니다.
보고 싶습니다. 아버지!
그리고 병석에 계신 나의 어머니, 쾌차하시길 간절히 기원합니다.